光文社文庫

文庫書下ろし

江戸猫ばなし

光文社文庫編集部編

KOBUNSHA

収録作品はすべて光文社文庫のために書下ろされました。

目次

主《ぬし》

赤川次郎

赤川次郎●あかがわじろう

一九四八年福岡県生まれ。七六年「幽霊列車」でオール讀物推理小説新人賞を受賞。「三毛猫ホームズ」シリーズや「杉原爽香シリーズ」、『セーラー服と機関銃』、『ふたり』など、ミステリーを中心に著作は五七〇冊以上を数える。二〇〇五年には、第九回日本ミステリー文学大賞を受賞。

肝試し

「そんなの簡単じゃねえか」

酔うとすぐそう言い出すのが、市助《いちすけ》の悪いくせ、くせである。

後で当人が困るのだが、酔っているときは気も大きくなっているのだ。

「じゃ、市助、おめえ、本気でやるんだな」

と、悪い仲間が面白がっている。

で、何をしろって？

「いやだな、市さん、それも知らねえで、『簡単だ』と言ってたのかい」

と、仲間が笑った。

「勝手に笑ってろ」

「肝試しだよ」

「何だ？」

「例の〈猫寺〉に一晩泊って、朝まで頑張れたら偉い、って話さ」

「〈猫寺〉だ？　何だい、そいつは」

「あ、そうか」

と、一人がポンと膝《ひざ》を打って、「市さんは上方《かみがた》へ行ってたんで知らなかったんだな」

「待て。〈猫寺〉ってのは、あのすすきが原の……」

「そうそう。元の名は何てったっけ？」

「元の名なんてどうでもいい。ともかく今は〈猫寺〉さ」

と口を挟んだのは、角平《かどへい》という大名屋敷の中間《ちゆうげん》で、博打《ばくち》にのめり込んで、いつも借金を抱えていた。

「そういや、うちの女房がそんな話をしてたようだが、聞き流してた」

と、市助は言った。「どんな話なんだ？」

「これまでも、〈猫寺〉で肝試しをした奴はいたんだ」

と、角平が言った。「しかしな、一人は気が狂って、身を投げた。もう一人は、朝見に行くと、匕首《あいくち》で喉《のど》を刺して死んでた。自分でやったとしか思えねえ」

「へえ……」

　さすがに市助も黙って肯《うなず》くだけ。

「どうするね？」

　と、一人が訊《き》いた。「無理しなくていいからね」

「しかし……。言った以上はやる。――無事に朝までいたら、どうなるんだ？」

　博打《ばくち》仲間は顔を見合せていたが、

「よし、今の借金を棒引きにしてやろう。それでどうだ？」

「おい、待てよ。人にものを頼んで只《ただ》ってこたあないだろう」

　と、市助が憤然として言った。

「よし、分ったぜ。俺の旦那様は、一晩明かした奴に小判十枚でどうか、って言ってらっしゃる」

「十両か。――鼠《ねずみ》小僧が狙うほどでもないな。しかし、まあいいだろう」

「じゃ、明日の夜はどうだ？　俺もせいぜいまたたびでも用意しとこう」

　――その〈猫寺〉で一晩過すことが決ると、市助は、

「じゃ、明日だな」

「逃げるなよ」

「ふざけるねえ」

と言い返して、長屋へと戻って行った。


「何ですって？」

鍋をかき回す手を止めて、お咲《さき》が言った。

「だから、明日の晩はちょっと用で泊って来るって言ったんだ」

と、市助はくり返した。

「泊るって？」

お咲の目は真剣に亭主をにらんでいた。「あの女の所ね」

「おい……」

市助は起き上って、「お咲、お前……。まだあの女のことを……」

「だって、あんたが何のかのと言ってごまかすからじゃないか」

「何度も言ったろう。あの女とは何でもねえんだ」

と、市助はため息をついて、「明日だって、そんな色っぽい話じゃねえ」

「じゃ、どこへ泊るっていうのよ」

と、お咲は問い詰めるように言った。「言えないんでしょ」

「そういうわけじゃねえが……。お前に心配かけたくねえからさ」

「言われない方がよほど心配よ」

「分った、分った。実は肝試しで〈猫寺〉に一晩泊ることにしたんだ」

お咲はしばらく呆気《あっけ》に取られて亭主を見ていたが、やがて我に返るとあわてて鍋をかき回した。

お咲と世帯を持って二年。子には恵まれないが、まあ何とかうまくやって来た。

「いい魚だな」

と、市助は欠伸《あくび》をしてから夕飯の膳に向った。

「あんた……本当なの」

と、お咲が訊く。

「何だい？」

「〈猫寺〉に泊るって」

「ああ。一晩頑張りゃ十両になるんだ！　見逃す手はねえだろう」

「馬鹿言わないでおくれよ！　十両もらって死んじまったら、何にもならないじゃないか」

「なあに、平気さ。俺は昔から猫にゃ好かれるんだ」

と、市助は言った。「十両ありゃ、何かちょっとした商いが始められるぜ」

「だけど……」

「噂は聞いたよ。角平の所の旦那が十両出すとおっしゃってんだ。心配はいらねえよ」

市助は漬物にはしをつけながら言った。

すると、そこへ——。

「ごめん下さいまし」

と、声がした。「市助様はいらっしゃいますか」

「はいよ！」

と、市助は答えて、「誰だね？」

「成海屋《なるみや》の広吉《こうきち》でございます」

「ああ、広吉さんか」

市助は気軽に立って行くと、ガラリと戸を開けて、「どうしたね？」

「実はちょっとまた困ったことになっておりまして……」

「力を貸せってことか」

「申し訳ないのですが、毎度……」

「いいとも。ちょっと待ってくんな」

市助はお咲の方へ、「おい、成海屋さんのご用で出かけてくるぜ」

「はい。——どうも、広吉さん」

「これはおかみさん。いつも市助さんを引張り出してすみません」

「いえいえ」

市助は言わば「何でも屋」で、方々の店から、何かもめごとがあると呼ばれて行く。お咲も、成海屋がよそと比べても払いがいいので、喜んで送り出すのだった。

——市助と広吉は長屋を出ると、無言のまま一町ほど行って足を止め、周囲を見回した。

「大丈夫だろう」

と、広吉がガラリと変った口調で言った。「怪しまれておるまいな」

「ご心配には及びませぬ」

と、市助は言った。

「文は読んだ。〈猫寺〉に泊るとはまことか」

「酔った勢いで、肝試しをするということになりました。誰も怪しむ者はおりませぬ」

「よし。〈猫寺〉は以前から目をつけていた場所だ。しかし、慎重にな」

「心得ております」

と、市助は肯いて、「あの寺で死人が出たというのは――」

「それはただの噂話。そういう話を広めて、人が寄らぬようにする謀略だろう」

「何か手がかりをつかんでご覧に入れます」

「頼んだぞ」

と、広吉は言って、「少し飲もう。すぐに帰っては、お咲殿が却って怪しもう」

「そうですな」

と、市助は再び一緒に歩き出し、「一晩で十両だぜ。こいつあ何かあるとにらんでるんだがね」

と、町人の口調に戻った。

「市助さん。もし本当に猫の化物が出たらどうするね」

「猫の化物か」

と、市助は笑って、「捕まえて、見世物小屋でも開いて稼ぐさ」

「そいつは結構だね」

と、広吉も笑った。

黄　昏

「本当に一人でいいのかい？」

と、角平が言った。

「妙なこと言うじゃねえか」

と、市助は苦笑して、「一人でなきゃ肝試しにならねえだろ。それとも、お宅の旦那、十両出すのが惜しくなったのか？」

「冗談じゃねえ。武士に二言はねえよ」

「じゃ、一人にしてくれ。俺は一人でいるのに慣れてるんだ」

「分った」

と、角平は言ってから、行きかけて、「市助さん、用心しろよ、くれぐれも」

「ああ、分ってる」

市助は肯いて、荒れ果てた寺の山門を入って行った。

〈猫寺〉とは、いつごろから言い出したものか。こういう場所に野良猫が居ついたり、子を生んだりするのは珍しいことではない。

大方、野良猫が多くて〈猫寺〉というあだ名がつき、化猫の噂などと一緒になったのだろう。

「魚の頭でも持って来りゃ良かったな……」

と、市助は呟《つぶや》いた。

日は暮れかかっているが、まだ充分に明るい。

背丈ほども伸びた雑草が、石畳の道にも侵入して来ている。そして寺は……。

「ひでえもんだ……」

猫でなくても、幽霊の一人や二人、出てもふしぎでない荒れようだった。

どういう事情で、ここに住職がいなくなったのか、市助は知らない。

それでも、本堂の扉を開け、キイキイときしむ音に顔をしかめながら、

「ごめんよ……」

と、つい言っている市助だった。

本堂も空っぽだ。仏像などは、どこかよそへ移したのだろう。

市助は、丸めて脇に抱えていた上敷を床に投げ出して広げると、そこへあぐらをかいて座った。

手にした風呂敷包みを開く。——お咲が持たせてくれたのである。

竹の皮でくるんだおにぎり二個と、竹筒のお茶。

「気がきかねえ。酒でも入れときゃいいのによ」

そして、コロリと転るように出て来たのは、お守りだった。——市助の身を案じてのことだろう。

「ありがとうよ……」

と、市助は呟いた。

いつの間にか、本堂へ差し込む陽が赤く染っていた。じき、夜になる。

市助は本堂の中を見回した。——怪しい気配のようなものは、全く感じられない。

「十両か……」

そんな大金を、なぜ出すのか。大名の気まぐれにしては、ちょっと怪しげである。

市助は本堂の中が急に暗くなって来たので、持って来た提灯《ちようちん》に灯《ひ》を入れて、柱に掛けた。

たちまち、深い海に沈むような勢いで、夜がやって来た。

「さて……」

と、市助は呟いた。「朝まで長いな」

どれくらい時間がたったのだろう？

市助は眠気からフッと我に返って、頭をブルブルッと振った。

「――妙だな」

一晩や二晩、眠らずにいることは珍しくないし、居眠りするようなことはない。

それなのに、酒も飲んでいないのにこんなに眠くなるとは……。

「静か過ぎるのかな」

何か唄でもできればいいが、市助にはそういう趣味がない。

市助は立って、本堂の中を少し歩き回った。しかし、大した広さでもなく、じきに飽きてしまう。

「闇夜か？」

扉の隙間から外を覗いたが、塗り潰したような闇で、月明りは全くなさそうだった。

フッと寒気が来て、身震いした。――何かはおる物を持って来れば良かった。

元の場所で座っていよう、と振り向いて、市助の足が止った。

そこには一匹の猫が座っていたのだ。

白地に、少し黒のぶちのある猫。むろん、どこにでもいる猫である。

「いつ来たんだ？」

と、市助は言った。「足音がしないもんだな、本当に」

猫はただ黙って、市助を見ていた。

何かふしぎに頭のしびれるような感じがあった。――何だ、これは？

猫がこんなにじっと人を見つめるものだろうか？

「怪しい奴！」

と、わざと大きな声を出した。

しびれを振り払うように頭を振って、懐《ふところ》から匕首を取り出すと、駆け寄って、その猫へと突き出した。

猫は飛び上るようにしてよけると、タタッと駆け出して、暗がりの中へ消えた。

「――油断するな」

と、自分に向って言った。「どうやら、何かの気配が……」

そして、市助は愕然《がくぜん》とした。いつの間にか本堂の中に数匹の猫がいたのだ。

市助を遠巻きにするように眺めている。

黒猫、茶の猫、白猫……。数えると五匹いる。

普通の野良猫が、ただ集まって来ただけかもしれない。しかし、それなら動き回ったり、一声ぐらい鳴いたりするだろう。

「俺に用か」

と、人間に話しかけるように言った。「何かの化身なら、話せ。口をきいてみろ」

猫たちは少しずつ左右へ動いたりするが、市助の方へ近付こうとはしない。

「――そうか」

匕首を抜いたまま手にしていることに気付いて、鞘《さや》へ納める。「さあ、どうだ」

猫たちの間に張りつめていた緊張感が少し緩んだような気がする。それとも考え過ぎだろうか。

「そっちがそのつもりなら……」

と、市助は上敷にあぐらをかくと、「俺もここで待つことにするぜ。お前たちが何か言うのをな」

数匹の猫たちが、突然左右へサッと散った。一斉のその行動は、まるで号令をかけられたかのようだった。

「何ごとだ？」

と、周囲を見回す。

次の瞬間、市助は、

「ワッ！」

と、声を上げて飛び上った。

座っている床板が下から持ち上って来たのだ。転るように逃れて、片膝をついた格好で身構える。

ガタガタと音をたてて、床板が外れ、同時に提灯の灯が消えた。本堂の中は真暗だ。

再び匕首を抜いて、真直《まっす》ぐに構える。

闇の中だったが、床下から何かが現われるのが分った。

人間ではない。——荒々しい息づかいと、唸《うな》るような声。

「何者だ！」

と、市助は言った。

空を切って、何かが市助の頭を払おうとした。とっさに床に這《は》うと、ぎりぎりの頭上をそれが通り抜けた。

太い腕を振り回している、と感じた。見えていないが、そう思える。

そのとき、市助の懐から何かが落ちた。

お咲が持たせてくれたお守りの袋だった。そして、それは床に落ちると、白くおぼろげな光を放ち始めたのである。

わずかな光でも、その何かの姿を闇の中に浮かび上らせるのに充分だった。

黒光りするそれは人間のようで人間ではなかった。市助の倍以上の体躯《たいく》をして、戸惑ったように、その白い光を放つお守りを見つめていた。

動きが止っている！

市助は匕首を手に真直ぐに突っ込んで行った。相手は、市助が逃げようとするものと思っていたようで、まさか立ち向って来るとは予想していなかったらしい。

棒立ちになっている所へ、市助の匕首が深々と突き刺さった。

それは身をよじって呻《うめ》くと、一瞬の内に床下へと消えた。

市助は、やっと恐ろしさがこみ上げて来て、ペタッと座り込んだ。

「何だ……あれは？」

提灯の灯が自然に灯《とも》った。闇でなくなった本堂には、もう怪しい気配はなかった。

市助はお守りを拾い上げると、

「お咲。助かったぜ」

と、しっかり握りしめて、懐へ戻した。

匕首は血で汚れていた。手拭《てぬぐ》いで拭うと、

「あんなものに出くわすとはな……」

と呟いた。

すると、

「ありがとうございました」

と、若い女の声がして、市助はびっくりした。

振り向いたが——。そこには美しい毛並の三毛猫が一匹、座っているだけだった。

「——誰だい？」

と、市助は言った。「どこにいるんだね？」

「ここにおります」

それは確かに、その三毛猫の発した声だったのだ。

三毛猫

夜が明けて、明るくなるころには、その寺の山門の前には七、八人が集まっていた。

「どうなってるんだろうな」

「俺が知るかよ。――お前、見に行って来な」

「いやだよ。市助さんが死んでたりしたら……」

「そうとは限らねえだろ」

角平がその中にいた。

「おい、角平さん。十両はどうしたんだい？」

「ちゃんと払うさ、市助さんが元気で出て来りゃ」

「誰か見に行かねえのか？」

とは言ったものの――山門から中へ入る者は一人もいなかった。

「じゃ、呼んでみようじゃねえか」

と、一人が言い出して、

「それがいい。返事があったら、入って行けばいいからな」

「じゃ……。おーい！　市助さん！」

と、声の大きい男が呼びかけた。「無事かね！　市助さん！」

しばらく待ったが返事はなかった。

みんな顔を見合せて、

「やっぱり、こいつは……」

「自身番へ届けるか」

と話していると、

「朝っぱらから、でかい声出すなよ」

フラッと、当の市助が現われて、みんな飛び上りそうになった。

「――無事だったのか！」

「見ての通りだ」

と、市助は肩をすくめた。

「良かった！　みんな心配でな」

「ご苦労だったな」

と、市助は言った。

「だが、市助さん」

と、角平が言った。「裾に飛んでるしみは、血じゃねえのか？」

「これか。夜中にでかい鼠が出やがってな。お咲が持たせてくれた握り飯を狙いやがったんで、仕止めてやったのさ」

「そうか。じゃ――猫の化物は出なかったのか」

「ああ、その代り――」

と言ったとき、市助の足下で「ニャーオ」と、猫が鳴いて、またみんなが飛び上った。

「おいおい、よく見な。普通の三毛猫だぜ」

と、市助は笑った。

その毛並の美しい三毛猫は、市助の足下に寄り添うように座っていた。

「どうしたんだね、その三毛は」

と、角平が訊いた。

「ゆうべ知り合ってな。どうも気が合いそうなんで、うちへ連れてくことにしたよ。おい、来な」

市助が手を出すと、三毛猫は「ニャーオ」と、ひと声鳴いて、フワリと飛び上り、市助の懐に納まった。

その様子がいかにも可愛くて、みんなが笑った。すっかり緊張もほぐれて、

「良かった、良かった」

「市助さんなら、きっと大丈夫だと思ってたよ」

「おい、十両入ったら、一度おごってくんな」

という、ちゃっかりしたのもいる。

「十両は今日中に長屋へ届けるよ」

と、角平が言った。

「ああ、待ってる」

市助はニヤリと笑って、「じゃ、お咲が待ってるからな。行くぜ」

と、三毛猫を懐に、スタスタと歩き出した……。


「まあ、お帰りなさい！」

お咲が嬉しそうに出て来て、「何ともなかったの？」

「ああ、どうってこたあねえよ」

「それ……。猫？　どうしたの？」

三毛猫がストンと下り立つ。

「〈猫寺〉ってぐらいだ。猫が色々相手してくれてな。こいつとは気が合ったんで、連れて来た。構わねえだろ？」

「そりゃあ、猫の一匹ぐらい……。まあ、毛並のいい猫ね」

お咲がなでると、三毛猫はじっとおとなしく座っていた。

「十両が夕方にゃ届くぜ。何か旨《うま》いもんでも食いに行くか」

「まあ、本当にいただけるの？」

お咲の顔がパッと明るくなった。

「ああ、もちろんさ」

「私――もし、どこかへ食べに出るなら、ちょっといい小紋が一枚欲しいわ。それぐらい、後払いで頼めるから。いいかしら？」

「ああ、いいとも。行って来な」

「じゃあ……。すぐ戻るわね」

お咲は、ほとんど駆け出すような勢いで出かけて行った。

「そういや、着物の一枚も買ってやってねえな」

と、市助は呟いた。

そして戸を閉めると、座敷へ上り、正面の三毛猫の前にピタリと正座した。

「小夜《さよ》姫様」

と、市助は手をついて、「このようなみすぼらしい長屋で……」

「気にすることはありません」

と、三毛猫が言った。「私は猫なのですもの」

「恐れ入ります」

「いいお内儀《ないぎ》ですね」

「はあ……。失礼なこともあろうかと存じますが」

「とんでもない。あなたに助けていただいて、私はやっとあの寺を出られたのです」

「小夜姫様――」

「待って下さい。お内儀の前で、その名前を呼ばれても……。〈小夜〉でどうでしょう」

「はあ……」

「市助さん、とおっしゃいましたね。あなたは武士ですね」

「はい」

「見たところ、ご浪人とも思えませんが」

「私は――さる藩の密命を受けて、町人を装っております。女房も知りませんが」

「そうでしたか」

「それより、小夜姫様、なぜこんなことに？」

「小夜、で結構。私は佐伯《さえき》藩の当主、佐伯主膳《しゅぜん》の娘」

「存じております。神隠しにあわれたと評判になりました」

「ある寺へ墓参に参りましたとき、突然襲われて連れ去られたのです」

「それであの寺へ？」

「はい。でも、目隠しをされ、手足を縛られていましたので、どこへ連れて来られたのか、全く分りませんでした」

「一体誰がそのような……」

「私は、父と正妻との娘ということになっていますが、実はそうではないのです」

「は……」

「本当の母は奥方付きの女中。父は、それを隠して、奥方の子と言っていたのです」

「では……跡目争いということで？」

「私に婿《むこ》を取って、跡を継がせようという父の心算《こころづも》りを快く思っていない者が、少なからずおりました」

「今、確か佐伯藩は甥《おい》の方が──」

「そうですか。父はもう？」

「いえ、御健在ですが、確か左馬之介《さまのすけ》とおっしゃる方がお世継ぎと伺っております」

「左馬之介……。そうですか。私も知っています。家老の山辺《やまべ》の親戚筋ですね」

「それは存じませんでしたが」

「いずれにしても、一匹の三毛猫には、何の係《かかわ》りもないことです」

その声は寂しげだった。

「姫様……。そのお姿は……」

「私の体はもうこの世にはありません。あの怪物に食べられ、骨は床下に散らばっているでしょう」

「何と……」

「こうして、居合せた三毛猫の体を借りて、悔しい思いを、いつか晴らしたいと……。市助さん。これもご縁と、お力を貸していただけないでしょうか」

猫の緑の目が、じっと市助を見つめていた……。

襲う

お咲はぐっすり眠っている。

市助は布団からそっと脱け出すと、身仕度をした。

部屋の中を見回したが、小夜の姿は見えない。市助は急いで表へ出た。

角平から十両の金が届いて、お咲は新しい小紋を着て二人で出かけた。鰻《うなぎ》を離れの座敷で食べるというぜいたくをして、市助だけでなくお咲も酒を飲んだ。

酔って帰って、市助はお咲のせがむままに抱いてやった。――あの猫が見ているかと思うと、恥ずかしかったが、お咲の喜ぶ表情に、悪い気はしなかった。

そして、夜ふけ、市助は長屋から近い川辺に出向いて行った。

「――お待たせして」

と、市助は言った。

「いや、それほどでもない」

成海屋の広吉が立っていた。「無事で良かった」

「何とか生きて帰りました」

「それで――」

と、広吉は言った。「何かつかめたのか」

「あの寺には、確かに化物がおりましたよ」

「何だと？」

「危うく首をもぎ取られるところでしたが、何とか刺してやりました。床下を調べれば、見付かるでしょう」

「人をやろう」

と、広吉は肯いた。

「佐伯藩からは、約束通り十両いただきました」

「藩からと言ったのか」

「いいえ。角平はただ『旦那様から』とだけしか言いません。しかし、藩から出た金に違いありますまい」

「それで、何か手掛りらしいものは？」

「床下に、おそらく隠されているものがあると思います。一人ではそこまでは……」

「うん。それはそれでいい。その化物を手負いにしたとあれば、それで充分」

「憶えておいでですか。あそこの小夜姫が姿を消したのを」

「もちろんだ」

「もしかすると、あそこで殺されたのでは……」

「何と？　そんな証拠が？」

「床下に人骨が……。はっきり見たわけではありませんが」

と、市助は口ごもった。

「小夜姫のものと分れば、お上が手を入れる口実となる」

「さようでございます」

「早速、あの寺を封じて、見張らせよう。佐伯藩が何か手を打つ前に」

と、広吉は言った。

「それがよろしいでしょう」

「やれやれ」

と、広吉は息をついて、「うまく行けば、これで我々の役目も終りだ。お前も大変だったな」

「いえ、私は――結構楽しんでもおりました」

「お前は、そのなりが似合うな。それにお咲という女も手に入れたし」

と、広吉が笑って、「情が移ったか」

「それはそれ……」

「まあ、女の一人ぐらい町中に囲っておいてもいいではないか。大名のように側室を抱えるのとはわけが違う」

「いえ、私どもは果すべき使命があります。女にかかずらってはいられません」

「お前はいつまでも堅いな。人間、たまには道をそれてみるのも――」

突然、広吉の言葉が断ち切られた。

広吉の腹から槍《やり》の穂先が突き出している。

「おのれ！」

市助は匕首を抜いた。

暗がりの中から白刃が降りかかって来るのを、何とかよけた。

「何者だ！」

「黙って死ね」

と、侍の一人が言った。「公儀《こうぎ》お庭番なら、覚悟していよう」

広吉が血を吐いて倒れる。

油断していた！　市助は唇をかんだ。

尾《つ》けられていたのだ。

敵は四人。一人は槍を手にしている。このままでは勝目はない。

「斬れ」

という言葉と共に、一斉に斬りかかって来る。

その瞬間、何か白いものが槍を手にした侍の顔めがけて飛びかかった。

「ワッ!」

槍を取り落として、その侍がよろける。

市助はその侍に向ってぶつかった。

「逃すな!」

と、声が飛ぶ。

市助は川の流れに一気に身を躍らせた。

凍えそうだった。

全身、ずぶ濡れになって、やっと長屋へ帰り着いたが、市助は自分の家の前で足を止めた。

戸が外れて、壊されている。

「——お咲」

血の気がひいた。市助は急いで中へ入ると、

「お咲!」

と呼んだ。

暗がりの中でも、障子が破られ、布団がめくられていることが分る。

「畜生！　――お咲！」

お咲にまで手を出しやがったのか。何てことだ。

市助は濡れたままの寒さを一瞬忘れて、押入れの中を引っかき回した。

「お咲。――いたら返事してくれ！」

と、呼びかけると、

「市助さん」

と、戸口の方で声がして、市助は飛び上りそうになった。

「誰だい！」

「私だよ。大家の伝兵衛《でんべえ》だ」

「あ……。大家さん」

「戻ったのか。無事で良かった」

「大家さん、お咲が――」

と言いかけると、

「大丈夫。お咲さんはうちにいる」

「え？　大家さんの所に？　じゃ、無事なんですね？」

市助はその場にペタッと座り込んでしまった。

——大家の伝兵衛の家へ上ると、

「あんた！」

お咲が飛び立つようにやって来た。

「無事だったか！　良かった」

市助はお咲を抱きしめたが、「いけねえ。俺はずぶ濡れなんだ」

「一体どうして……」

「まあ待ちな」

と、伝兵衛が言った。「今、私のものを出してやる。着替えなさい」

「すみません、大家さん」

と、市助が息をつくと、お咲の後ろに静かに座っている三毛猫が目に入った。

「——自身番へ人をやったよ」

と、伝兵衛が言った。「あれはただの物盗《ものと》りじゃないね」

「この猫のおかげなの」

と、お咲が言った。

「何だって？」

「ぐっすり眠ってると、この猫が爪を立てて私の首筋を引っかくもんだから目が覚めて、初めは怒ったんだけど、猫がひどく鳴くもんだから。——ただごとじゃないと思ってね。起きて、猫について表に出ると、何人かが長屋へ入って来る足音がして、あわてて井戸の所に隠れたんだよ。そしたら、お侍が三、四人、うちへ入ってって……。私かあんたを捜してるみたいだった。私は怖くてじっとしてた。少しして侍たちが出て来ると、『ともかく、必ず奴を殺すんだ』と言って……。私は、侍たちが行っちまってから、ここへ逃げて来たんだよ」

「そうか……。運が良かったな」

「本当に。この三毛に礼を言っとくれ」

「ああ。——ありがとうよ」

市助はそう言って、「お咲。すまねえが、ここにいてくれ」

「あんたは？」

「俺は行くところがある」

「だけど——」

「大丈夫だ」

市助は立ち上って、「一刻を争うんだ。大家さん、お咲をよろしく」

「ああ、分った」

市助が玄関を出ようとすると、

「ニャオ」

と、三毛猫が鳴いた。

「ついて来るか」

市助はそう言って、猫を先に出すと、暗い戸外へ出て行った。


「急げ！」

と、頭巾《ずきん》をかぶった侍が言った。「明るくなる前に運び出すのだ」

十人ほどの侍たちが〈猫寺〉の中へ入って行く。

「心配いりませんよ」

と言ったのは角平だった。「例のものは、あの市助が片付けたそうですからね」

「確かだろうな」

侍たちは刀を抜いて、恐る恐る寺の本堂へと入って行った。

「おい明りだ！」

床に黒々と血だまりが広がっていた。

「――本当だ。これが奴の血なら、もう生きてはいまい」

「床板をはがせ！」

刀を納めて、手早く本堂の床板をはがして行く。

「もっと明りを！」

「早くしろ！」

床にポッカリと穴があいて、侍たちが中を覗き込んだ。

そして――次の瞬間、侍の一人が声もなく床下へ引きずり込まれていた。

叫び声と共に血しぶきが上った。

「まだ生きているぞ！」

侍たちがワッと逃げ出す。

床下から黒い影が頭をもたげた。

そのとき、周囲から十匹以上の猫たちが現われて、その化物の頭へと飛びかかったのである。それは身悶《みもだ》えして、猫を振り払おうとした。

「どけ！」

侍たちをかき分けて、市助が飛び込んで来ると、手にした刀が真横に一閃《いっせん》して、その首が宙に飛んだ。

士かい」

「――もう大丈夫だ」

市助は息をついて、腰を抜かしている侍たちを見渡すと、「情ねえ。それでも武
士かい」

と言った。

そのとき表で、

「山辺」

と、声がして、〈猫寺〉の山門を入って来る人影があった。

頭巾をかぶった侍が振り返って、

「――殿！」

と、息を呑《の》んだ。

「表には鉄砲隊も待っておる。手向いは無用だ」

と、佐伯主膳は言った。

家老の山辺は、力なく座り込んでしまった。

主膳は一人、本堂へ入って行った。

市助が待っていた。その前には人間の髑髏《どくろ》が一つ置かれて、その傍《そば》にかんざしが
あった。

「市助といったな」

「はい」

「それが……」

「小夜姫様と思われます」

「小夜姫……」

主膳は膝をついて、「このかんざし、確かに姫のものだ」

そして髑髏を取り上げると、

「何とむごいことに……」

と、呻くように言って、涙をこぼした。

「あの死骸が、この寺の主とでもいう化物でございます。山辺殿は、ここへ小夜姫様を運び込み、あの化物のえじきに……」

「赦《ゆる》さぬ！――己れの目も曇っていた」

「ところが、山辺殿もその化物に手がつけられなくなり、困ったのでしょう。肝試しと称して、それを退治できる者はないかと」

「そなたはお庭番なのであろう」

「さようでございます」

「では、このことを……」

「ご公儀では、この寺の噂を耳にしておりました。佐伯藩をお取り潰しになるには、この姫の骨が見付かれば……」

と、市助は言った。「ただ、小夜姫様が、自分のせいで藩が取り潰されては、あまりにお気の毒と思い……。どうか、佐伯藩自らの手で、始末をおつけ下さい。そうすれば、お取り潰しはまぬがれるやもしれません」

「かたじけない」

主膳は頭を下げた。「小夜姫は丁重に葬《ほうむ》ろう」

「この寺を建て直されてはいかがです。土地を浄《きよ》めて」

「おお、それはよい考えじゃ。姫の供養《くよう》にもなる」

「では、私はこれで」

市助は〈猫寺〉を出た。——外は明るくなりかけていた。

立ち去ろうとすると、

「ありがとうございました」

と、声がした。

見上げると、塀の上に三毛猫がいて、市助を見下ろしていた。

「こちらこそ礼を申し上げねば。あの川の畔《ほとり》で私を、またお咲を救って下さったのも、小夜姫様でございましょう」

「私は敵《かたき》を討ってほしかったのです。——あなたのおかげです」

「小夜姫様。——これからどうなさるのです」

「私はただの三毛猫。いずれ、どこかの道端で果てましょう」

「では、よろしければまた私の長屋へ」

「いえ、それはやめておきます。お咲さんにやきもちをやいてしまいそうですから」

三毛猫はフッと笑ったように見えた。

「そう言われると、どうも……」

市助は照れて目をそらしたが、「ですが、姫様を野良猫には——」

と、目を戻すと、もう塀の上に三毛猫の姿はなかった。

市助は小さく頭を下げて、

「お達者で」

と、呟くように言うと、ちょっと肩をすくめて急ぎ足で歩き出した。

仕立屋の猫

稲葉稔

稲葉稔●いなばみのる
一九五五年熊本県生まれ。脚本家、放送作家などを経て、九四年作家デビュー。著書に「研ぎ師人情始末」シリーズを始め、「風塵の剣」シリーズ、「よろず屋稼業 早乙女十内」シリーズなど、近刊に『ちょっと徳右衛門 幕府役人事情』がある。

一

（いい季節だ）

そう思わずにはいられない気候だった。新三郎《しんざぶろう》は浜町堀《はまちょうぼり》に架かる千鳥橋《ちどりばし》の手前で足を止めた。得意客に仕立物の着物を届けてきたばかりで、ひと仕事終わったという充足感があった。また、客が代金に色をつけたということも、気持ちに余裕をもたらしているのかもしれなかった。

新三郎は片頬に小さな笑みを浮かべて、大きく息を吸った。風は肌に心地よく、堀川の水はきらきらと輝いている。チチチッと、小さな鳴き声を漏らしながら、燕《つばめ》が青々とした柳の向こうに消えていった。

橋を渡った新三郎はそのまままっすぐ歩き、元浜町《もとはまちょう》の小《こ》路《みち》を左に折れた。その入り口にある角店の壁に「此先《このさき》に万物ぬひ仕立屋あり」という貼り札があった。

それが新三郎の仕事場である。表店《おもてだな》ではないが、申し分のない場所だった。

「お帰りなさい」

戸口を入ると、火熨斗《ひのし》を使っていたお定《さだ》が声をかけてきた。使っている針妙《しんみょう》(縫い子)だ。奥にもうひとりおりつという針妙もいて、物憂い顔で「お帰りなさいませ」と声をかけてきた。

「おりっちゃん、お茶を淹《い》れてくれるか。草餅を買ってきたんだ」

新三郎はそう声をかけて、仕事場に上がった。

六畳一間は三人で作業するには、手狭だがそこはうまくやっていた。壁際に反物《たんもの》が積んであり、衣紋《えもん》掛《か》けには仕上げ途中の着物や、手入れを頼まれた着物などが掛かっていた。

三人の定位置はいつの間にか決まっていて、それぞれの場所に裁縫《さいほう》の道具箱が置かれていた。火熨斗を使っているお定は額《ひたい》に浮かぶ汗を、こまめに手拭《てぬぐ》いで押さえている。襷《たすき》掛《が》けをして袖《そで》をまくっているが、太っているので汗かきだった。

「お定さん、その辺にしときなさい。草餅を先に食べな」

「親方、そうやってまたわたしを太らす気かい」

お定はそういうが、ふっくらした顔をほころばせている。

「それじゃ遠慮するかい。わたしとおりっちゃんで戴《いただ》いてもいいんだよ」

「ま、意地悪な」

お定が拗《す》ねた顔をすると、新三郎とおりつは短く笑った。

「どうぞ、少し熱いですよ」

おりつが三人分の茶を運んできて膝前《ひざまえ》に置いた。

「いつの間にか燕が巣を作っているんだね。さっき気づいたよ」

新三郎は草餅を頰ばって茶を飲んだ。

「もう十日ほど前から姿を見ていますよ」

おりつが湯呑みを両手で包むようにしていう。雇ったときはまだ十四の娘だったが、それからもう十年になる。

「そうかね。ちっとも気づかなかった」

「親方はのんきなところがあるからね。あれ、この草餅おいしいわ。ひょっとして橘町《たちばなちょう》の青葉《あおば》のじゃありませんか」

「お定さんの舌は何でもわかるんだね。そうだよ」

「やっぱりねえ。この餡《あん》といい餅のやわらかさといい。うんうん……」

お定はひとり納得しながら草餅を頰ばる。その様子を眺めるおりつは、ふんわりした微笑《ほほえ》みを浮かべていた。

（ああ、おりっちゃんもいい顔になった）

新三郎はおりつを見てそう思った。

おりつに初めて会ったのは、十年前の寒い晩のことだった。それは付き合い酒を飲んでの帰りで、三光稲荷《さんこういなり》の前を通り過ぎようとしたときだった。境内《けいだい》のほうから、しくしく泣く子供の声が聞こえてきたのだ。

気になって提灯《ちょうちん》をかざすと、鳥居をくぐった先のところで女の子がうずくまって泣いていた。それが、おりつだった。

「お嬢ちゃん、どうしたんだい？」

やさしく声をかけたつもりだったが、おりつは心底驚いた顔を振り向けてきた。その目には怯《おび》えの色がありありと浮かんでおり、瘧《おこり》にかかったように体をふるわせもした。

「そんなに怖がらなくても大丈夫だよ。わたしは悪い人じゃないから……。誰かに泣かされたのかい？　それともおっかさんに叱られでもしたのかい？」

おりつは首を左右に振り、怖いものでも見るような目を新三郎に向けてきた。

「家はどこだい？　こんな夜更けに女の子のひとり歩きは危ないよ。よかったらおじさんが送って行こう」

新三郎は親切心でいったのだが、おりつはその親切を拒《こば》むように逃げていった。追いかけようとしたが、少女の素早さに酔った体は追いつかなかったし、おりつは駆けだすときに脱《ぬ》げたらしく、草履《ぞうり》の片方を落としていた。

翌日、仕事を終えた新三郎は、拾った草履を持っておりつを探した。三光稲荷にいたのだから、その近所に住んでいるはずだと見当をつけて探していると、その考えが的中した。

おりつはまた三光稲荷の境内にいたのだ。拝殿《はいでん》に向かって一心に願《がん》をかけていたが、振り返って新三郎に気づくと、はっと目をみはり身構えるような姿勢になった。

「昨夜《ゆうべ》ここで会った者だよ。お嬢ちゃん、これ落としていっただろう」

新三郎は用心深くおりつに近づいて、昨夜拾った草履を手わたした。おりつはおずおずと受け取り、蚊の鳴くような声で礼をいった。

「さっき願をかけていたね。ひょっとして猫を探してるのかい？」

新三郎が相手を安心させるような笑みを向けて聞くと、おりつは「そうだ」というようにうなずいた。

三光稲荷は、迷子になった猫を探すときにお願いをすると、必ず見つかるという霊験《れいげん》があった。そのために猫の置物などがあり、子供や芸妓などの参詣客《さんけいきやく》も多かった。

「名はなんというんだい？」

「たま、です」

「たまか、よしおじさんも探すのを手伝ってやろう」

それから二人でたまの名を呼びながら、近くの町屋を探しまわった。

たまはまだ小さな子猫で、おりつが近所で拾って家に持ち帰ったらしい。だが、父親に爪を立てたのがよくなかった。膝のあたりを引っかかれた父親は、カッとなってたまをつかむなり、思いきり投げ飛ばしたのだ。たまは悲鳴をあげて土間に落ちると、そのまま家を飛び出し行方知れずになった。

それが、たまのいなくなった大まかな経緯だった。いなくなって三日たつので、腹を空《す》かして倒れているかもしれない、とおりつはたまのことを心底心配する。

「たまを見つけて家に連れ帰っても、おとっつぁんは許してくれるかね」

そう聞くと、おりつは顔を曇《くも》らせてうつむいた。

「酔っ払って、またたまを虐《いじ》めるかもしれない」

どうやら父親は酒癖が悪いようだ。新三郎は少し考えて、

「もし見つけたらおじさんの家で預かろうか。ちっともかまわないことだから」

と、提案すると、おりつは黒く澄んだ瞳をきらきら輝かせた。

「お願いします。そして、あたしも遊びに行っていいですか」

「もちろんだよ」

それからしばらくして、たまは見つかった。茶色い虎猫でおりつが抱き上げると、甘えるように「みゃあみゃあ」鳴いた。

「たまが帰ってきたよ、おりっちゃん」

昔のことを思いだしていた新三郎は、お定の声で我に返った。戸口からのそりのそりとたまが入ってきて、上がり框《かまち》にぴょんと飛び上がった。それから「みゃあ」と一声鳴くと、右前脚を舐《な》めて顔を洗いにかかった。

二

傾いた日を受ける腰高障子《こしだかしょうじ》が黄色っぽく染まっていた。

仕事場の中にはそのあわい光が満ちている。戸口から吹き込む風が裏路地へ抜けてゆき、新三郎の吹かしている煙草《たばこ》の煙がまき散らされた。

おりつとお定は、暮れ六つ（午後六時）の鐘を聞いて帰っていったが、新三郎のそばにはたまが丸くなって寝ていた。その場所は、おりつがいつも座っているところだった。可愛がっている人の匂いをわかっているかのように、そこで寝ることが多い。

「たま……」

新三郎が声をかけても、たまはすやすやと寝息を立てていた。

女房のおすみとよく話すのだが、たまが来て運がまわってきたような気がする。それまで御用聞きよろしく、仕事の注文を取りに歩いていたのだが、たまが来てから急に仕事が増えた。

長屋の家では注文をこなしきれなくなり、いまの仕事場を借りることになった。人手が足りなくなり、お定を雇い入れたが、先のことを見越し、毎日のようにたまに会いに来るおりつに声をかけてみた。

「お裁縫は上手じゃありませんけど……」

おりつはそういいはしたが、もし雇ってくれるなら喜んで雇われたいといった。

もちろん最初から一人前の給金は出せなかったが、おりつは覚えが早かった。衿《えり》や袖口《そでぐち》や裾《すそ》などのこすれや汚れの仕立て方をあっという間に身につけ、胴裏《どううら》の取り替えもすぐにできるようになった。

古着をほどいての洗い張りも難なくこなせるようになり、一年もせずに寸法直しと仕立て直しをまかせられるようになった。これには正直、新三郎は舌を巻いた。早い針運びのわりには縫いに乱れがなく、お定の腕を抜くのに二年とかからなかった。

新三郎の仕立屋がすっかり安定したのは、その頃からといっていいかもしれない。だから、そのきっかけになったのがたまではないか、と女房のおすみに話すのだった。

「とうふぃ、とーふぃ……」

新三郎が帳付け仕事を終えたとき、間延びした豆腐《とうふ》売りの声が聞こえてきた。はたと気づけば、表に薄闇《うすやみ》が漂《ただよ》っていた。

「たま、帰りますよ。まだ寝ているかい？」

新三郎は鯨尺《くじらじやく》で背中をかきながら、たまに声をかけた。たまは目も開けなければ、返事もせずに寝ている。新三郎はそのまま帰ることにした。たまは腹が減ったら、勝手口の隙間《すきま》から這《は》いだして、新三郎の自宅に戻ってくる。

「今日の昼間なんだけどね、駒蔵《こまぞう》さんからおりっちゃんのことで相談を受けたんだけど、どうしたもんだろうね」

女房のおすみがそんなことを口にしたのは、夕餉《ゆうげ》の席だった。駒蔵というのは、小舟町《こぶなちょう》にある小松屋《こまつや》という乾物問屋《かんぶつどんや》の主《あるじ》だった。新三郎の得意客でもある。

「どんな相談だい」

新三郎はちびちび酒を飲んでいた。

「駒蔵さんの店にいる手代《てだい》の嫁に、どうだろうかって話だったんだよ。毎度のことだけど、そんな話があの子んちより先にうちにくるから困るんだよ」

「駒蔵さんとこの手代ね」

新三郎はどの男だろうかと思った。

「向こうは是非にというんだけどね」

「ふむ。どうだろうな。おりっちゃんは、ずいぶん明るくなったが、この手の話になると塞《ふさ》ぎ込んだようになっちまうからな。そうかといって、ずっと独り身ってわけにもいかないだろうし……」

「そう思うんだけど、わたしたちが気を揉《も》んでばかりいてもしょうがないじゃない。向こうの親とその辺のことで、ちゃんと相談してみたらどうだい」

おすみはおりつの父親の善吉《ぜんきち》が苦手だからそういうのだが、それは新三郎とて同じだった。善吉は腕のいい大工なのだが、酒癖が悪くて気が短く、喧嘩《けんか》っ早い男だった。

気の荒さは表だけのことでなく、家の中でも同じだった。女房のお文《ふみ》の体には無数のあざや傷痕《きずあと》があるという。おりつも殴られたり引っぱたかれたことがあるらしいが、女房への乱暴は近所でも有名だった。そんな男だから、新三郎もいざ相談となると、気乗りしないのである。

「あんたがおりっちゃんを引っ張ってきたんだよ。それからというもの、自分の娘のように扱ってきたじゃないか。たまのことがあったからといっても……あら、たまがそこにいるじゃない。いつ帰ってきたんだい。ちっとも気づかなかったよ」

いつの間にかたまが上がり框に、ちょこなんと座っていた。新三郎が目を向けると、口を大きく開けて欠伸《あくび》をする。

「そろそろ嫁に行かせないと、あっという間に年増になっちまうよ。話のあるときが花なんだからね」

おすみは茶を淹れながら、話を元に戻した。

「まあ、そりゃそうだろうが……」

おりつはもう二十四になっている。贔屓目《ひいきめ》に見ても、品のある面立《おもだ》ちで美人だ。嫁にほしいというもらい手はいくらでもいる。だが、どんな話があってもおりつは拒みつづけてきた。それは過酷な生い立ちがあるからだった。

「わたしたちの子が生きてりゃ、こんなことを悩むことはなかったんだろうけどね」

おすみは頭痛膏《ずつうこう》を額に貼りながらいう。新三郎とおすみには二人の子がいたが、両方とも五つになる前に早世《そうせい》していた。以来子供は授からなかったが、代わりに十四で新三郎の下職《したしょく》になったおりつを、他人の娘ではあるが、我が娘のように可愛がってきた。

新三郎は実の父親より、自分のほうが愛情を持っていると、内心で思っていた。

「明日だとはいわないけどさ、近いうちにおりっちゃんの親と話してみたらどうだい。余計なお世話だろうけど、じっとしてられないじゃないか」

「ああ、そうだな」

気のない返事をする新三郎だが、おすみのいうとおりだと思っていた。

三

翌日、新三郎はお定を使いに出して、おりつと二人だけになったときに、小松屋からの縁談話を口にしてみた。案の定、おりつは浮かない顔をした。

「おりっちゃんもいい年になった。このままずっと独り身を通すってわけにはいかないだろう。お文さんだって、早く嫁にやりたいといってるんだし」

お文というのは、おりつの母親だった。

「悪い話じゃないんだ。一度親と相談してみてくれないか」

おりつは気乗りしない顔で、うなずいただけだった。

新三郎はそんな様子をしばらく眺めてから、寸法直しの仕事に戻った。

戸口から気持ちよい風が吹き込んでいる。風には若葉の香りがあり、さっきから鶯《うぐいす》の声が聞こえていた。

新三郎は動かしていた手を止めて、もう一度おりつを見た。障子越しのあわい光が、やわらかな頬を包み込んでいた。表に出ることが少ないので、肌は透けるように白く艶《つや》やかだ。お定も、新三郎の女房おすみも、おりつの肌を、赤ん坊のようにきれいだといって羨《うらや》ましがっている。

一心に針を運んでいるおりつのそばには、たまがいて、さっきから丹念に毛繕《けづくろ》いをしていた。

「わたしから、おとっつぁんとおっかさんに話してみようか」

新三郎がそういったのは、おりつが親に縁談話をしないと思ったからだ。

「それは……」

「今夜でも話してみよう」

おりつはため息をついてから、新三郎に黒い瞳を向けた。

「いつも親方には面倒ばかりかけて申しわけありませんから、わたしから話します」

「ほんとうだよ」

おりつは小さくうなずいた。

おりつは父親の善吉を恐れていた。それは幼い頃から、恐怖を植えつけられたからだった。父善吉の乱暴は常軌《じょうき》を逸《いっ》していた。それはおもに母親のお文に対するものだったが、殴る蹴るはあたりまえで、髪の毛を鷲《わし》づかみにして投げたり、熱くなった火箸《ひばし》で火傷《やけど》を負わせたりもした。

母親が悲鳴をあげ、顔をくしゃくしゃにして泣き叫んで許しを請《こ》うても善吉は、自分の怒りがおさまるまで容赦《ようしゃ》しなかった。

なぜ、そんなに乱暴なのか、おりつには父親のことがわからなかった。また、母親のお文が別れたり、逃げたりしないのも不思議だった。

そして、父に対して抱《いだ》いていた恐怖心を、同じように世間の男たちにも感じるようになった。その恐怖心は大人になるにつれ、少しずつ薄れはしたものの、突然、路上や町中で怒鳴り声などがすると、はっと身を竦《すく》ませたり、体を硬直《こうちょく》させた。

唯一、自分の味方になってくれる男は、親方の新三郎で、安心して接することができるのも新三郎だけだった。おりつは世の中の多くの男に対して、みんなひと皮剝《む》けば粗暴で嘘つきだという不信感を抱きつづけていた。

それはやはり、父善吉が見本だからだろう。金がなくなると、母親のお文が内職で稼いだ金をあてにし、胡麻《ごま》をすって金を無心する。

そのときの口実は、付き合いを断れない、道具を買う金が足りないなどだったが、実際は酒と博奕《ばくち》に消えていたし、月晦日《つきみそか》にはちゃんと返すと約束しておきながら、返したことは一度もなかった。

だが、ここ一年ほど前から善吉の性格が少し変わってきていた。おそらく普請場《ふしんば》の足場から落ちて骨折し、足を引きずるようになったあたりからだった。大工仕事はつづけているが、昔みたいに怒鳴ったり、母親に手を出すこともなくなった。

「足を悪くしてあの人も、気が弱くなっちまったんだよ。もともと気の小さい人だからね」

いつだったか、お文が耳打ちをするようにおりつにいったことがある。

たしかに父親は、昔に比べると穏《おだ》やかになった。そして、何より酒を断《た》っていた。酒を飲まなければ、あまり粗暴にならない人なのだと、おりつが気づいたほどだった。

それに、おりつは父親が自分のことを、どんなふうに見ていたのかということも知った。足を折って動けなくなり、おりつとお文の介護を受けているときに、善吉が後悔するような顔で漏らしたのだ。

「おれは淋《さび》しかったんだよ。おめえはてめえの父親だというのになつきもせず、人を化け物でも見るような目を向けてきていたからな。可愛げのない娘だといって、頭引っぱたいたり、尻をたたいたりしたな」

「そうよ、だからおりつは怖がってばかりいたんだよ」

お文が茶を淹れながら応じた。そばにいるおりつは、黙って耳を傾けていた。

「とにかく愛想のない娘だった。おめえにだけ、甘えるのが癪《しゃく》に障《さわ》っていたんだ。三人で祭りや縁日に出かけても、おりつはおれに近寄りもしねえで、いつもおめえの体に隠れるようにしていた。呼んでも聞こえないふりをするか、黙って顔を向けてくるだけだった。こいつあ、おつむが弱いんじゃねえか。まるで他人の子みてえじゃねえかって……」

「そんなことをいったことがあったねえ」

遮《さえぎ》るようにお文が口を挟んだ。

「だから、仕事が終わってもまっすぐ家に帰ってくる気がしなかったんだ」

「そりゃあ、あんたがただ飲みたかっただけだからじゃないの」

「まあ。それもあるかもしれねえが、おめえが孕《はら》んだのを知ったときゃ、大喜びし、おりつが生まれてきたときは目出度《めでた》い目出度いと、近所の連中を呼んで祝い酒を振る舞ったじゃねえか」

「そうだったわね」

善吉の相手をしているお文は、懐かしむような顔をした。四十二歳だというのに、髷《まげ》には霜《しも》を散らしていた。四十半ばの善吉も、鬢《びん》のあたりが白くなっていた。

「おりゃあ、赤ん坊のおりつを抱えあげて喜ばせたり、あやしたり、いっしょに添い寝したりした。無邪気に笑うおりつは可愛かった。洟《はな》を垂《た》れれば、口で吸い取ったくれえだ。クソを漏らしても臭いとか汚ねえと思ったことはなかった。そうやって世話をするのが、親の幸せなんだと思ってたんだ」

「あら、そんなこと思っていたなんて……」

お文は信じられないというような顔で、おりつを見て目をしばたたいた。

「ところがどうだ。三つか四つになった頃から、おれに寄りつかなくなった。おめえのそばばかりついてまわり、おれの顔を見るとさっと隠れやがる。だから怒鳴ったんだ。『なんだ、その面《つら》は、その目は！　おれは鬼じゃねェ！　おめえのおとっつぁんだ！』ってな」

「あんたが、怖がるようなひどいことばかりしてたからだよ。でも、あんた自分の子かいって疑ったことがあったわね。ほんとにおれの子かいって……」

「そんなこともあったか……」

善吉は煙管《きせる》を吹かして、おりつを見てきた。

「わたしゃいったよ。なにいってんのさ。わたしとあんたの子じゃないかって……。

でも、どうも様子がおかしい。よく見りゃ、こいつァ、おれに似てないっていう。おめえに似たところはあるが、おれに似たところがないってね。そんなことないよ。いまだってほら、目許《めもと》とか鼻筋なんかあんた譲《ゆず》りだよ」

お文はおりつの顔を見て、微笑んで言葉をついだ。

「それでもあんたは、似てねえ、おかしいって疑いだす始末さ。その相手は誰だ、そいつの子を産んだんだろうって。あんときゃ、あきれちまったよ」


「おりっちゃん、いま帰りかい」

ふいの声でおりつは我に返った。家のすぐそばだった。声をかけてきたのは同じ長屋のおかみで、風呂桶を小脇に抱えていた。湯屋に行くところらしい。

おかみに声を返したおりつは、縁談話を親に話そうかどうしようか迷いながら、町屋の遠くに目を向けた。

空は翳《かげ》りはじめていたが、弱い日射しはまだ町屋の屋根にとどまっていた。

四

結局、おりつに来た縁談話は宙に浮いたままになっていた。新三郎は何度か、親はどういっていたかと訊《たず》ねたが、おりつはか弱い笑みを口許《くちもと》に浮かべて首を振るだけだった。親に反対されたのではなく、話さなかったのだと新三郎にはわかった。

あまりしつこく勧《すす》めるのも酷《こく》だと思って、新三郎はもうそのことには触れないことにした。我が子のように将来を心配するが、所詮《しょせん》は他人の子である。

そのことを知った女房のおすみも、

「しかたないさ。本人にその気がないんなら、無理に押しつけても可哀想《かわいそう》だよ。夫婦になっても、早くにどっちかが死んで一人って人もめずらしくないんだしね」

と、あきらめ顔でため息をついた。

それは、新三郎が仕立て直しの着物を届けに行っての帰り道だった。あれ、と思って足を止めたのは、栄橋《さかえばし》のたもとに知った顔があったからだった。おりつの父善吉だった。地面に置いた道具箱に座って、煙草を喫《の》んでいた。

じつは、数日前も近所で善吉を見かけたのだ。そのときは昼下がりで、栄橋を渡って久松町《ひさまつちょう》のほうへ歩き去っていた。

新三郎が声をかけようと足を進めたとき、善吉は煙管を道具箱の角《かど》に打ちつけて、ふいに立ちあがった。そのまま道具箱を担《かつ》いで、久松町のほうへ歩いてゆく。その顔が何かを思い詰めたように厳《いか》めしく、目が血走っているように見えたので、新三郎はただ見送るだけに留《とど》めた。

（あっちに普請場があるんだろう……）

そう思って新三郎は元浜町の仕事場に戻ったのだが、今度は角店を曲がったところで「おや」とつぶやいて足を止めた。

仕事場の前で、おりつがひとりの男と立ち話をしていたのだ。そんなことはめったにあることではない。

身なりがよく、見映《みば》えのする男だった。やわらかな笑みを口の端に浮かべ、おりつと楽しそうに言葉を交わしている。その腕には猫のたまが抱かれていた。

男が何かいったらしく、おりつは着物の袖で口のあたりを押さえて微笑した。相手に気を許したときに見せる、おりつの笑顔だった。

「じゃあ、たままた遊ばせておくれ」

男のやさしげな声が聞こえてきた。たまの頭と喉《のど》を撫《な》でて、おりつに返してそのまま歩き去った。おりつは受け取ったたまを胸に抱いたまま、男に頭を下げて見送った。

「いまのは……」

新三郎が声をかけると、おりつがびっくりしたように振り返った。

「あ、親方でしたか。あの方、猫が好きなんです。そこでたまが日向《ひなた》ぼっこをして寝ているると、あの方がしきりに頭を撫で可愛がってくださったのです」

「そうだったのか……」

おりつは昔から猫を可愛がる人には、理解を示すことが多い。

「そうそうおとっつぁんは、いまどこの普請場に通ってるんだい？」

さっき善吉を見かけたので、気になって聞いた。

「ここしばらくは金吹町《かねふきちょう》に通ってますよ」

「金吹町……」

善吉は久松町のほうへ歩いていった。方角はまったく逆である。

「何かありまして？」

おりつがきょとんとした目を向けてくる。新三郎は何でもないと誤魔化して、仕事場に入った。

その翌日の昼前だった。昨日おりつと立ち話をしていた男が、仕事場を訪ねてきた。

「こんにちは」

と、声をかけて戸口を入ってきた男は、仕事場をざっと眺めた。その目がおりつを探していると新三郎にはわかった。

縫い仕事をしていたお定が「ご用ですか？」と声をかけたので、男はあらたまった。

「こちらは新しい誂《あつら》えものも仕立ててもらえるんでしょうか？」

「へえ、もちろんでございます」

新三郎が応じると、男はそれじゃ一枚お願いしたいという。

「これからの季節に備えて浴衣《ゆかた》を作りたいのです」

「造作ないことです」

新三郎はそう答えてから商談に入った。男は市兵衛《いちべえ》という名で、堀江町《ほりえちよう》のほうで働いているといった。新三郎がどこだと聞くと、丹波屋《たんばや》という大きな茶問屋の名を口にした。

市兵衛は白地に青の業平菱《なりひらびし》を選び、新三郎に採寸をさせて注文をすませると、

「今日はたまはいないのですか？」

と聞く。

「どこかその辺で遊んでいるんでしょう。腹が空いたり遊び疲れると勝手に帰ってきますから……」

「昨日の人はお使いか何か？」

市兵衛はそういってから、慌てて付け足した。

「いえ、昨日この店の前でたまを撫でていたら、この店の女の人が出てきたんですよ」

「おりっちゃんはお直しを届けに行ってるんです。よかったらお待ちになりますか」

お定がそういって、意味深な目を新三郎に向けてきた。

「あ、いえ、わたしもすぐに帰らなければなりませんので……。あの方は、おりつさんとおっしゃるんですか？」

「そうです」

「それじゃよろしくお願いします」

市兵衛は好感の持てる笑みを残して帰っていった。

「親方、あの人おりっちゃんに気があるのよ。昨日の今日だもの。それに、なかなかいい男じゃない」

お定はそういってぺろっと舌を出した。

「奉公人だったら、丹波屋の手代あたりかな……」

新三郎はお定には答えずに、市兵衛のことを勝手に推量した。

五

二日後に市兵衛がまた仕事場にあらわれた。少しはにかむような笑みを見せて、

「近所まで来たんで、ちょっと寄っただけです。その、たまに会いたくなりましてね」

と、いいながら奥で縫い物をしているおりつをちらりと見てから、薄目を開けて寝そべっているたまを撫でた。

「よほど猫が好きなんですね」

お定がからかうようにいって、新三郎とおりつを振り返って首をすくめる。

「うちでも猫を飼っているんです。十歳になる三毛ですけど、人見知りをするんです。たまみたいに人なつこい猫ならいいんですが……」

「十歳だったら、たまと同じですよ」

おりつが手仕事を休めて市兵衛を見た。

「へえ、そうでしたか。あの、わたしの浴衣はこれからでしょうか」

「それは、おりっちゃんにまかせることにしました。いまの仕事を片づけたら、すぐ取りかかりますよ」

新三郎は市兵衛の浴衣は、おりつにまかせようと注文を受けたときから考えていた。

「そうでございますか、それじゃ楽しみです。おりつさん、よろしくお願いします」

市兵衛はそういって丁寧に頭を下げた。おりつも慌てて頭を下げ返した。

「お仕事の邪魔をしては申しわけないですね。では、また」

市兵衛はそういうと、最後におりつを見てから表に出ていった。

新三郎は、市兵衛がひとかたならぬ思いを、おりつに抱いていると確信した。だが、問題はおりつがどう思っているかである。

知らない男に対しては極端に用心深いおりつだが、以前より人見知りもしなくなったし、頑《かたく》なに閉じていた心もほぐれてきている。おりつも、市兵衛に好感を持ってくれていたらよいのに、と新三郎は思った。

「ああいう人が、おりっちゃんにはお似合いよね」

しばらくして、お定がそういった。

「そんな、わたしには勿体《もったい》ない人です」

おりつは恥ずかしそうにうつむいた。

あれ、と新三郎は思った。これまでのおりつは縁談話をしても顔を曇らせるか、唇を嚙《か》んで拒むのが常《つね》だった。しかし、いまはちがっている。頰に朱《しゅ》がさしたほどなのだ。

「親方、なんだか知らないけど、おりっちゃんは市兵衛さんに脈があるわよ。女の勘でぴんと来たわ」

その日の夕暮れ、おりつが使いに出たときに、お定が声をひそめていった。

「なんだか今度ばかりは様子がちがってるようだ」

新三郎がそう思うように、新たな進展があった。

それは三日後の夕暮れで、新三郎が仕事場を閉めて帰宅しようとするときだった。

見知らぬ男がひとり訪ねてきた。恰幅《かっぷく》がよく身なりのよい五十年配だった。

「突然に申しわけございません。こちらのご主人様でしょうか？」

男は丁重に頭を下げ、窺《うかが》うように見てくる。新三郎がそうだと答えると、

「わたしは丹波屋で番頭をしております徳兵衛《とくべえ》と申します」

と、自分のことを名乗り、おりつのことで少し話を聞きたいという。

「丹波屋さんと申しますと、ひょっとして市兵衛さんという方がいらっしゃる店の番頭さんということでしょうか」

「さようです。若旦那《わかだんな》がこちらで浴衣を注文されたと聞いております。ちょっとこれは内聞な話なんでございますが……」

「まあ、どうぞこんなところですがお上がりください」

新三郎は立ち話では失礼だと思って、反物や裁縫の道具箱を脇にどけて、徳兵衛の座る場所を作った。

「若旦那とおっしゃいましたが、それは市兵衛さんが、ということでしょうか？」

「さようです。どうも若旦那はこちらで奉公されているおりつさんという方を、気に入られたようなんです。一目惚《ひとめぼ》れというんでしょうかね。それでうちの主が、相手が亭主持ちなら失礼なので調べてこいと申します。そういう次第でまいったんで

ございますが、おりつさんはもう誰かの……」

新三郎は慌てて手を横に振り、まだ一人者だと答えた。すると徳兵衛はふくよかな顔に安堵《あんど》の笑みを浮かべ、来た甲斐《かい》があったといってつづけた。

「それでおりつさんはおいくつでしょうか？」

「二十四です。十四のときからここに奉公に来まして、針妙としての腕はわたしが認めるところです」

「それはようございます。それでおりつさんの親御さんはどんな方でしょう？」

徳兵衛は真剣な眼差《まなざ》しを向けてくる。

「父親は腕のいい大工です。いまは足を悪くしていますが、仕事のできる男です。母親も元気で、暇を見ては内職をやっております」

「さようですか。で、おりつさんは読み書きなどは……」

新三郎は少し返答に気を配ることにした。一度、短い間を置いてから答えた。

「おりつは十年ほどここで働いていますが、読み書きはその間にできるようになりました。そればかりでなく、母親に代わって炊事や洗濯もちゃんとこなす女です」

徳兵衛は目を輝かせて納得するようにうなずいた。

「ただ、おりつには難しいところがあるんです。その、なんと申しますか、男を妙に避けるところがありまして……」

「なぜ……」

「まあ一口では申せないのですが、世間の男に接するのが苦手なんです」

「ふむ、さようでございますか……。しかし、これで安心いたしました。どうやら若旦那の目に狂いはなかったようです」

徳兵衛はもう用はすんだとばかりに腰をあげようとする。

「あ、ちょっとお待ちください。まさか、その若旦那がおりつを嫁にもらいたがっているということでございましょうか？」

「どうもそのようです。ご主人、そのことをそれとなく、おりつさんに話してもらってくれませんか。いずれ、おりつさんの家にも挨拶に伺うことになるでしょうし……」

六

朝のうち雨がぱらついたが、昼近くには雲が払われ日が射してきた。濡れた若葉が瑞々《みずみず》しく輝き、頭上で舞う鳶《とんび》がのどかな声を降らしていた。

新三郎は仕入れなければならない反物の注文をするために、贔屓先の呉服屋に足を向けていた。しっとり濡れた地面がきらきら光っていた。人形町通り《にんぎょうちょうどお》に出たとき、見たような男が目の端をよぎった。

あれは、と思って視線を向けると、おりつの父善吉だった。今日は道具箱を持っていなかった。朝のうち雨が降ったので仕事が休みになったのだろう。

善吉は悪い足を引きずりながら長谷川町のほうへ歩き去った。まっすぐ行けば、先日善吉を見かけた栄橋に通じる。その前もその近くで見かけている。

いったいあの辺に何の用があるのだろうかと疑問に思ったが、その前に市兵衛のことを善吉の耳に入れておこうと思った。悪い話ではないし、今回ばかりは先に親に話しておくべきだと考えた。

新三郎は足早に善吉を追いかけた。雨あがりの道には人が増え、往来に活気が戻っていた。善吉の姿が大八車《だいはちぐるま》の先にあった。足が悪いので歩くたびに体が上下している。

「善吉さん」

追いついて声をかけたのは、大門通り《だいもんどお》を突っ切り、富沢町《とみざわちょう》に入ったところだった。善吉が立ち止まって振り返った。相変わらず厳《いか》めしい顔つきである。年は新三郎より三つばかり下だが、鬢のあたりが白く、両目の下がたるみ、色が黒いせいか老けて見えた。

「今日は休みですか？」

「ま、そんなもんです」

妙な返事だったが、新三郎は気にせずに、

「よかったらその辺で少し話しませんか、耳に入れておきたいことがあるんです」

と、誘いかけた。

「どんなことです？」

「おりっちゃんのことなんですが……」

善吉はぶ厚い唇を指でなぞりながら少し躊躇《ためら》ったが、新三郎のいざなう茶店《さてん》の床几《しょうぎ》に座った。善吉は足を悪くするまではよすぎるほど威勢がよく、取っつきにくい強面《こわもて》だったが、いまは角《かど》が取れていた。また、娘が世話になっているという手前か、新三郎にはわりと従順だった。

「おりつがどうしました？」

「これまでおりっちゃんには、いろんな縁談がありましたが、どれも断ってばかりです。勿体ないと思うこともしばしばでした」

「そりゃあ、あいつが決めるこったから……」

「そうはいってももう二十四です。このままだと行きそびれてしまいます。善吉さんはそのことをどう思ってるんです？」

「そりゃあ、早く嫁に行ってもらいてえが、親が押しつけてもあいつは首を縦に振らねえ。女房の野郎はおれのせいだといいやがるが……。ま、たしかにおれのせいもあるんだろうが、あれほど男嫌いだとは思わなかった」

「おりっちゃんもだいぶ変わりました。うちに来た頃は、固い殻に閉じこもってしまうようなところがありましたが、いまはいろんな人と話をします。善吉さんのことも、よくいってますよ」

さっと、善吉の顔が向けられた。何といってんです、と聞く。新三郎は笑みを浮かべて答えた。

「おとっつぁんはだいぶ変わりました。昔は怖い人だったけど、いまは話がわかる人になったって……」

「まあ、もう若くねえし、こんな体になっちまって……」

善吉は悪くしている左足の膝をさすりながら言葉を足した。

「それで耳に入れておきたいことって、何です？」

「じつはおりっちゃんにいい相手ができそうなんです。いえ、いずれ先方から挨拶があるはずですから耳に入れておきましょう」

新三郎はそういってから、市兵衛という茶問屋の跡取りにおりつが見初められ、その親が心配して番頭を寄こしたことを話した。

「なぜか、これまでとちがっておりっちゃんも、その市兵衛という若旦那には愛想がいいんです」

「おりつもその丹波屋の若旦那のことを気に入っていると……」

「おそらくそうです」

「いけねえ。そりゃあ……」

善吉は唇を嚙み、にぎりしめた拳《こぶし》で自分の膝をたたいた。

「なぜ、いけないんです。おりっちゃんは、市兵衛さんには気を許した顔をするんです。男にあんな顔を見せるのは、これまでなかったことです。いい縁談ですよ」

「だめだ。いまはだめなんだ。親方、すまねえが……それは断ってくれ」

善吉は首を振り、逃げるように立ちあがった。その顔に刻まれた深いしわに、ほのかな苦悩の影が見えた。見えたのはそれだけではなかった。善吉は懐《ふところ》に鑿《のみ》を呑んでいた。

「善吉さん、待ってくれ」

新三郎は追いかけた。だが、善吉は人波を掻《か》き分け去っていく。すれちがった男と肩がぶつかり、悪態をつかれたが気にせずに歩き去る。足を引きずってはいるが、意外に早かった。

「善吉さん、いったいどういうことです」

新三郎は浜町堀の河岸道《かしみち》に出たところで追いついた。すぐそこに栄橋があった。振り切れないとあきらめたのか、立ち止まった善吉は、広い背中を見せたまま、肩を上下させ、荒い息をしていた。

「あんた、この前もこの近くにいましたね。二、三度見かけたことがあるんです。いまの普請場は、金吹町でしょう。ここはずいぶん離れている。仕事に出ていないんですか……」

新三郎は善吉の前にまわり込んだ。善吉は思い詰めたような顔を振りあげた。

「かまわねえでくれ」

そういった善吉の目に一瞬、凶暴な光が走った。だが、すぐに視線をそらした。悔しそうに唇を嚙み、何かを躊躇っている。

「これからどこへ行くんです。あんた、懐に鑿を持っているでしょう。いったいどういうことです。何かやましいことを考えているなら、やめてくれませんか。わたしにできることなら相談に乗ります。いまは大事なときなんですよ」

「……」

「娘のことを思っているなら、早まったことはしてはならない。何か困っていることでもあるんですか？　もし、そうだったら話してくれませんか」

善吉は大きく息を吸って吐き、口をもごもごと動かした。視線を彷徨《さまよ》わせ、唇を噛む。

「親方に話しても迷惑をかけるだけだ」

「迷惑をかけてもいいから話してください。わたしにできることなら何でもする」

善吉はあきらめたように、柳の下に置かれている床几に行って腰をおろした。新三郎も隣に座った。

「金がいるんだ」

ぽつんと、善吉が漏らした。新三郎はその横顔を黙って見た。

「四十両の借金がある。それを返さねえと、おりつを地獄に落とすと脅されちまって」

新三郎は、はっとなった。地獄とは売春宿という意味だ。

七

「いったい誰に借りてるんです？」

「親方も知ってると思うが、伊知蔵《いちぞう》というごろつきだ」

知らないわけがない。伊知蔵は近所で評判の悪《わる》である。博徒《ばくと》一家には入っていないが、質《たち》の悪さでは天下一品で、誰もが蛇蝎《だかつ》のごとく嫌っている。面と向かって文句をいう者はいないが、もし気に入らないことを口にしたりしようものなら、どんな災難が降りかかってくるかわからない。

「なぜ、伊知蔵なんかに……」

善吉はとつとつとした口調で、借金の経緯を話した。善吉は普請場で足を折って、半年ほど仕事ができなかった。当然、その間実入りはない。仕事に復帰して、稼ぎを取り戻そうと考えたが、足を悪くして動きが鈍くなったという理由で、手間賃を削られることになった。不甲斐ないことだが、使ってくれる棟梁《とうりよう》には逆らえない。

そんなとき、竹次《たけじ》という男に声をかけられた。伊知蔵とつるんでいる男で、あまり付き合いたくはなかったが、竹次も伊知蔵も大工崩れで、善吉には割とあたりがよい。

その竹次がいい博奕場ができたと誘いかけた。昼博奕のみで、適当に遊べるし、取り締まられない安全な場所だという。ものは試しと思い竹次に案内されると、仕切っているのが伊知蔵だとわかった。

貸元《かしもと》も兼ねて壺も伊知蔵が振っていたが、気にすることはなかった。善吉は適当に遊んで、飲み代が稼げればいいと思っていたが、いきなり五両ばかり儲けた。それが癖になり、雨で仕事が休みのときなどに出かけて、盆茣蓙《ぼんござ》の前に座った。

勝ったり負けたりの繰り返しだったが、わずかに儲けが出ていた。ところがいつしかツキがなくなり、負けがつづいた。そうなると、それまでつぎ込んだ金を取り戻そうとムキになった。だが、結果は負けがつづき、背に腹は代えられず貸元の伊知蔵に金を借りる羽目になった。

そんなことがつづき、いつの間にか四十両の借金ができていた。

「借りたのは二十四両ばかりですが、伊知蔵の野郎はどういう利子の付け方をしてるのか、貸したのは四十三両だとぬかしやがる。十一《といち》どころか五一《ごいち》よりひどい利子だ。頭に来たんで怒鳴りつけると、三両負けてやるから四十両揃《そろ》えろという」

善吉は大まかな経緯を話したあとでそういった。

「それでいくらか返したんです？」

善吉は首を横に振った。

「利子がひどいんで、もう少し負けろと掛け合ったんだが、埒《らち》があかない。こうしてる間にも利子ができているといいやがる。あげく、払えないなら、おりつをもらい受けるだけだといいやがる。くそッ、舐めやがって……」

善吉は悔しそうに口をねじ曲げた。

新三郎は堀川に映る自分の顔を眺めた。伊知蔵は脅しでいってるのではないだろう。もし、善吉が借金を返さなければ、本気でおりつを攫《さら》うかもしれない。そんなことをやりかねない男なのだ。

「今日も伊知蔵と掛け合うつもりなんですね」

善吉は認めるようにうなずいた。だが、話がこじれたら懐の鑿を使うつもりだろう。そんなことをしたら、おりつの将来はなくなる。市兵衛も罪人の娘をもらいはしない。

目の前を一艘の猪牙舟《ちょきぶね》が下ってゆき、浜町堀が小波《さざなみ》を打って日の光をきらめかせた。新三郎は肚《はら》を決めた。

「善吉さん、金はわたしが用立てるから、いっしょに掛け合いましょう」

「いや、それは……」

小半刻《こはんとき》後、新三郎は善吉の案内で、伊知蔵が賭場《とば》に使っている旗本屋敷《はたもとやしき》の前に来た。久松町の西にある武家地だった。表門を使わず、脇の長塀の途中にある勝手口から入るらしい。丁半博奕は昼過ぎからはじまり、暮れ六つ前には終わるという。

それが、屋敷の殿様との約束になっているらしい。伊知蔵がどうやって、その旗本に取り入ったか知らないが、旗本もぴんきりで、無役《むやく》なら家禄《かろく》だけの暮らしになるから、副収入を得ようと考える。目ざとくて悪知恵の働く伊知蔵は、その辺に目をつけたのだろう。

「いまは、まずいかも……」

これから乗り込もうとしたときに、善吉が二の足を踏んだ。他の客がいては話ができないというのだ。それはもっともなことだった。

結局、賭場が終わる夕刻を待つことにした。

夕七つ（午後四時）の鐘を聞き、しばらく待ってからまた賭場になっている旗本屋敷に行くと、勝手口から出てくる男たちがいた。職人ふうの男や見るからに遊び人もいたが、侍の姿もあった。その数七人ほどだ。善吉は、客はいつも十人ぐらいだという。

用心のために、少し待ってから勝手口を入った。白漆喰《しろしっくい》の土蔵の脇に、賭場に使われている離れがあった。

その戸口前に座って煙草を喫んでいた竹次が、すっくと立ちあがった。

「金を拵《こしら》えてきたのかい」

ぞんざいな口を利《き》き、新三郎を見、久しぶりですね、と口の端に不敵な笑みを浮かべた。「伊知蔵はいるか？」

善吉が聞くと、竹次は家の中に顎《あご》をしゃくり、新三郎に無遠慮な目を向け、

「何で仕立屋の親爺《おやじ》がついてんだ」

と聞く。

「わたしも話したいことがあるんだ」

新三郎はそういって離れの家の中に入った。伊知蔵は入ってきた新三郎と善吉を黙って眺めた。座っているそばに、金箱代わりの手文庫が置かれ、賽子《さいころ》と壺が袱紗《ふくさ》の上にのっていた。離れは六畳と四畳半の造りで、間仕切りの襖《ふすま》が取り払われていた。

「やっと金ができたか」

伊知蔵はそういって、善吉といっしょに腰をおろした新三郎を見た。人をいたぶるようないやな目つきで、口の端にも人を見下したような笑みを浮かべていた。

「仕立屋のおやっさんもおれに話があるそうだが、それはあとだ。善吉さんよ、金はできたんだろうな」

「ああ、できたさ」

「ほう、よく拵えられたもんだ」

「だが、三十両で勘弁してくれねえか。四十両はちょっと阿漕《あこぎ》だろう」

「なんだと。阿漕なのはてめえのほうじゃねえか。借りるときゃへいこらして、返すときにゃ憎まれ口をたたくってェのかい」

伊知蔵は双眸《そうぼう》を光らせてまくし立てた。善吉よりひとまわりは若いし、体もがっちりしているから迫力があった。

「いや、口が滑っただけだ。とにかくここに三十両ある。これで……」

「おい、おれを舐めてんじゃねえだろうな。あんたがこさえた借金は四十三両だ。それを四十両に負けてやってんだ。それなのに三十両で勘弁してくれだと、虫がよすぎやしねえか」

「伊知蔵、二十四両にどうやったら十六両の利子がつくんだ」

　黙っていた新三郎が口を挟んだ。にらみを利かせられると、体がふるえそうだが、下腹に力を入れて勇を鼓舞《こぶ》した。

「利子は三両負けてある。ほんとうは十九両の利子だ」

「そりゃあ何がなんでもひどすぎる。どうやったらそんな勘定《かんじょう》になる？」

「おい、仕立屋の老いぼれ、あんたにゃ関わりのねえことだ。すっ込んでろ。おれが話をしてんのは、このじじいだ。なあ善吉さん」

　だが、新三郎は黙っていなかった。

「そうゴネたこといわないで三十両でわかってくれ。損をするわけじゃないだろ」

「うるせえな、おれはあんたと話をしてんじゃねえ」

　伊知蔵は新三郎を鋭くにらみつけてから、善吉に視線を戻した。だが、新三郎は黙っていなかった。

「善吉さん、わかってくれなきゃこのまま帰ろう。三十両もなしだ。その代わり、その三十両で薬研《やげん》の米蔵《よねぞう》親分に相談だ」

　これは前もって考えていたことだった。米蔵親分の着物の仕立ては、ここ数年、新三郎がやっているので、その縁があった。

「なんだと……」

伊知蔵の目つきが変わった。

「この辺は米蔵親分が仕切ってる縄張りだ。この賭場を親分が知ったらどう思うだろうか。それとも、とっくに仁義《じんぎ》を切ってやらせてもらっているのか」

「おい、おれを脅す気か？」

「そんな気は毛頭ないさ。話をわかってくれなきゃ、米蔵親分に相談するといっているだけだ」

伊知蔵は視線を彷徨わせ、一度竹次を見てから、悔しそうに顔をゆがめた。チッと舌打ちをして、善吉を見た。

「金を拵えたといったな。見せてもらおうか」

善吉は懐から切餅を出して伊知蔵の膝前に滑らせた。それから、小さな紙包みを添えた。

伊知蔵は切餅を掌《てのひら》に持ち、紙包みのほうを開いた。小判が五枚入っていた。

新三郎は伊知蔵がどう応対するか、息を呑んで待った。

部屋の中に沈黙が下りた。日が翳《かげ》りはじめているので、部屋の中は暗く、伊知蔵の目が蛇《へび》のように光っていた。その口から小さなため息が漏れた。

「しょうがねえ、じじいたちにゃ形無《かたな》しだ。三十両で手打ちだ」

伊知蔵はわしづかんだ金を懐に入れた。

八

屋敷表に出るなり新三郎は、屋敷塀に手をついて大きな息を吐いた。足がふるえそうになっていた。

「大丈夫ですか？」

善吉が心配そうな目を向けてきた。

「ああ、何でもないです。さあ帰りましょう」

新三郎はそういったが、善吉は動かなかった。じっと新三郎を見つめて、

「恩に着ます」

と、声をふるわせたかと思うと、その場に土下座をした。

「おりゃあ、だめな男だ。親方にこんな尻ぬぐいをさせちまって……これまでも、おりつのことで面倒をかけていたってェのに。ほんとに親方には足を向けて寝られねえ。頭が上がらねえ。金は働いて返しますから、少し待ってください」

「いいんだよ。善吉さん、さあ立ちなさいよ」

新三郎が手を貸して立たせると、善吉は恥ずかしそうに目をしごいて涙をぬぐった。

「ほんとに世話になってばかりだ。必ず金は返しますから……」

「そのことは気にしなくていい。だけど、それはおりっちゃんと丹波屋の若旦那の話がまとまったらの話です」

「……」

「うまくいったら、それは祝儀《しゅうぎ》だったと思ってくれればいい。それで何もなしってことにしましょう」

「いや、それとこれとは別だ」

「丹波屋から近いうちに挨拶があるはずです。その話を壊さないでもらいたいんです」

「そんなことは決して」

「とにかくいまは、あの二人が結ばれることを、わたしは何より願っています。おりっちゃんは、あんたの実の娘だが、わたしも他人の娘だと思えないんです。幸せになってもらいたいじゃありませんか」

「お、親方……あんたって人は……」

善吉は憚《はばか》ることなく、大粒の涙を両目からこぼした。

おりつは、猫を可愛がる人に悪い人はいない、そういう人は心がやさしくて、弱い人に思いやりがあるのだといった。そして、市兵衛もそういう人だといって微笑んだ。

それを聞いたとき、新三郎は心の底から嬉しく思った。当然、二人の縁談話は嘘のようにとんとん拍子に進んでまとまった。

おりつは嫁ぐ前の日まで、仕立て仕事をしてくれた。そして、最後の仕事を終えると、丁寧に両手をついて新三郎に頭を下げた。

「親方、長い間ありがとうございました。わたしは感謝しきれないほどの恩を、親方から頂戴いたしました。その分のお返しはなかなかできませんが、きっと幸せになってみせます。だって、市兵衛さんは親方のようにやさしい方ですから……」

おりつの黒い瞳に膜が張り、そしてそれは目の縁からきれいな水玉となって頬をつたった。

礼をいわれる新三郎も胸を熱くし、目頭に湧きあがる涙を抑えることができなかった。

翌日の祝言《しゅうげん》にはもちろん新三郎も出席した。楽しくてにぎやかで、ほんとうに目出度い宴《うたげ》だった。笑いが絶えず、誰もがにこやかな顔をしていたが、予想外なことに顔をくしゃくしゃにして始終泣いていたのは、父親の善吉だった。

それから二日が過ぎ、新三郎は常と変わることなく仕立て仕事に精を出していた。おりつがいなくなったので、しばらくは女房のおすみが手伝うことになった。

傾いた日が腰高障子にあたり、土間に西日が射し込んできた。表に行っていたたまが戻って来て、上がり框にぴょんと飛びあがった。仕事をしているみんなを眺め、一声「にゃあ」と鳴くと、前脚で顔を洗いにかかった。

「たまは縁結びの猫だね」

おすみが針仕事の手を休めて、そんなことをいった。

「だって、この猫がおりっちゃんを連れてきたようなもんだし、あの若旦那をここに入れたのもたまだったんだから」

新三郎はそういわれると、なるほどそうだなと思って、あらためてたまを眺めた。たまは何も知らずに、前脚を使って顔を洗いつづけていた。

与市と望月

小松エメル

小松エメル●こまつえめる

一九八四年東京都生まれ。國學院大學文学部史学科卒業。二〇〇八年、ジャイブ小説大賞初の「大賞」を受賞した『一鬼夜行』でデビュー。著書に「一鬼夜行」シリーズ、「蘭学塾幻幽堂青春記」シリーズ、「うわん」シリーズなどがある。

鼠にお困りの方、寄ってらっしゃい見てらっしゃい。当方が売り出す猫絵があれば、あっという間に悩みが解決いたしますよ。ああ、旦那《だんな》。そう、そこにいるあなた。一寸《ちょっと》こちらにいらしてくださいな。そうそう……もっとお近くに。

いえね、旦那だけに特別な品をご覧に入れて差し上げようと思いまして。ただの絵じゃないか？　馬鹿言っちゃあいけません。実はこの猫絵、それはもう特別な力を秘めているんですよ。ちょいとお耳を拝借……ええ、だから決して鼠を逃さないのです。何しろ、鼠は大好物ですからね。いいえ、見世物と勘違いしているわけじゃあございません。

……信じられぬとおっしゃるならば、仕方がない。見せて差し上げようじゃあございませんか。ちらりとだけですよ。ほうら、ね……？

残念ですが、他の猫絵と違って、お譲りすることはできません。……それほどおっしゃるならば、一晩だけお貸ししましょう。それでよろしいですか。

ならば、どうぞこの望月《もちづき》を一晩あなたの許《もと》に置いてくださいませ——。

＊＊＊

晴れやかな空の下、街道脇の一寸奥まったところで、一人の男が忙しく動いていた。男が荷車の上に並べていたのは、猫の絵だ。徳川の治世となって百年以上経《た》ったこの頃、猫は希少で、大変高価だった。鼠を退治してくれる猫を飼えぬならば、何か代わりになるものを――そう思った人々が考えたのが、この猫絵である。たとえ絵でも、鼠は猫に驚いて出にくくなると皆信じていた。

「おい、お前……そこの猫絵売り」

猫絵売りの許に近づきながら、不機嫌な声を出したのは、裕福そうな身形《みなり》の男だった。

「おや、旦那。そんなに肩を怒らせて、どうしました」

声をかけられた猫絵売りは、満面に笑んだ。三十に少し届かぬくらいの齢《よわい》だろうか。上背はあるものの、痩せぎすで筋張っている。物売りらしく愛想がよいが、よく見ると目が笑っていない。だが、声をかけてきた客は、そんなこと気にも留めていなかった。

客がずいっと突き返したのは、昨日猫絵売りから貸し出された猫絵だった。茶と黒の斑《まだら》模様の毛並みに黄色の目、丸い顔をした猫の絵は、そこそこ名の通った絵師が描いたと嘘を吐《つ》いても罷《まか》り通るくらいには、上手だった。

「これはこれは。ご足労おかけして申し訳ありません。ちょうど取りに伺おうとしていたところで――」

「とんだ役立たずだった」

話を遮《さえぎ》られた猫絵売りは、「へ」と素《す》っ頓狂《とんきょう》な声を上げた。

「お、お役に立てませんでしたか。ならば、もう一晩だけお貸しいたしますので……！」

「いらん。鼠を退治するなど、そいつには一生かかっても無理だ！」

猫絵売りは慌てて平身低頭したが、客の男は怒鳴って帰っていってしまった。

「……野郎」

男の低い呟《つぶや》きが響いた直後、「ひっ」と小さな悲鳴が聞こえた。

「望月、お前またしくじりやがったな！」

猫絵売りは、近くの茂みに入って、罵声《ばせい》を上げ始めた。荷車の上に置かれていたのは、先ほどの客が置いていった猫絵一枚だけ――他の絵は、すでに箱の中にあった。

「臆病風《おくびょうかぜ》に吹かれて、ちっとも力を出しやしねえ。宝の持ち腐れたあこのことだ。持っていたって使わなけりゃあ、何の意味もねえんだよ。おい、聞いてんのか⁉ さっさと出てこねえと、ぶん殴るぞ！」

一気に話した猫絵売りは、猫絵に向かって拳を振り上げた。それがあと一寸で絵に届くという時である。ぶるり、と絵が震えた。そこからまず飛び出したのは、垂れた耳のついた丸い頭だった。そして、前足、胴体、後ろ足、最後にぴんと立った長い尾といった順で続き、「それ」はすっかり姿を現した。

「申し訳ございませぬ！」

街道まで聞こえそうなほど大きな声が響き、「静かにしろ！」と猫絵売りはまた怒った。

「も、申し訳ありませぬ……与市《よいち》殿。そのう、つい……」

「つい大きな声を出したのは許してやる。だが、つい臆病心を出したというなら許さん」

猫絵売りの与市が鼻を鳴らして答えると、叩頭《こうとう》していた相手は恐る恐る顔を上げた。涙で潤《うる》んだ黄色の目を瞬《しばた》かせたのは、猫絵から飛び出した、茶と黒の斑模様の毛並みの猫――望月だった。

「化け猫のくせに情けねえ面《つら》やめろ。それ以上泣きやがるなら、寝床を破り捨てるぞ」

そう言って与市が手にしたのは、真っ白な半紙だ。

「おやめください、与市殿！　それを破かれては、きっと私は消えてしまいます」

「消えたくなかったら、しくじらねえことだな。次やったら、こうするぞ」

与市は紙に両手をかけ、びりびりと破きだした。

「うわああ、死ぬうう！」

絶叫して顔を伏せた望月だったが、間もなくして、己の身体《からだ》が宙に浮いたことに気づく。

「お前は本当に馬鹿だな。破ったのは別の半紙だ。本物は俺の懐《ふところ》の中だ」

己の目線の高さまで望月を片手で持ち上げた与市は、人の悪い顔でにやりと笑った。

（……もう嫌だ。こんな性悪《しょうわる》の許にいたくない……逃げ出してやる！）

これまでも何度も頭によぎった出奔《しゅっぽん》を決意しかけた望月だったが、

「何ぼうっとしてやがる。働け！」

「ひえ……しょ、承知つかまつりました！」

与市に身を放り投げられてしまい、何とか荷車にしがみついて、首を縦に振った。

こうして望月の決意は、またしても挫《くじ》かれたのである。

与市の描いた猫絵から望月が出現したのは、一年前——月の綺麗な晩のことだった。その日、はじめて与市は猫絵を描いた。元々絵師ではなかったが、その腕前は玄人《くろうと》はだし。初めて描いた猫絵も見事なできだった。

巷《ちまた》では猫絵が流行《はや》っていた。商家は無論のこと、猫絵を一等求めたのは、養蚕《ようさん》業《ぎょう》に従事する家だ。「蚕《かいこ》の天敵は鼠公《ねずこう》」と言われるほど、蚕を食い潰す鼠は、養蚕家に嫌われていた。鼠はすばしっこく、素手で捕まえるのは困難だ。一匹見つけたら最後——その家には百はいると言われるほど、繁殖《はんしょく》力の強い生き物でもある。

憎き敵を倒すために何でもするのは、養蚕家に限らず世の習いだ。そこにつけ込んだのが猫絵売りである。与市が猫絵に目をつけたのは、悪くない考えだった。それがまさか、絵から猫が飛び出してくるとは——与市も当の望月も思ってもみないことだった。

――あれれ、ここは一体どこだろう……おや、どちら様ですか。ああ、申し遅れました。私は――私はどこの誰なのでしょうか？

これが、与市の描いた絵から突然飛び出てきた望月の、はじめての声だった。絵から出てきたのは望月自身だというのに、望月はてんでその理由を知らなかった。己が何者かさえ分かっていなかったのだから、無理もない。

最初こそ驚いた与市だったが、すぐさまこの化け猫を商売のタネにすることにした。どうにも臆病な性質らしい相手を望月と名付け、半ば脅す形で言いくるめたのだ。

――お前は化け猫だ。この世に仇《あだ》を為《な》す、とんでもない悪党さ。だから、俺が成敗してくれる――と言いたいところだが、俺の言うことを何でも聞くならばやめてやる。

――うう……何でも言うことを聞きます。聞きますからどうか……！

命だけはお助けを――と涙ながらに答えた望月は、以来与市の猫となった。

――お前は鼠を退治するのが仕事だ。

与市の命《めい》は、猫にとっては易しいものだった。しかし、ただの猫ではない望月にとっては、試練ともいえるものだった。

――与市殿……昨夜貸し出されて参った屋敷の鼠は、尋常《じんじょう》な鼠とは思えぬほど凶悪な者たちでした。猫であるこの望月を喰い殺そうとしたのです！　あれでは、逃げるのに精一杯で、退治どころではありません。それもこれも、あの鼠たちがあまりにも恐ろしいからで……その、決して私の非では……いいえ、私が臆病風に吹かれたせいでございます！　申し訳ありません……どうか、どうかお許しを！

化け猫であるはずの望月は、ただの鼠にも負けてしまうほど、ひどい臆病者だった。いくら時が経とうとも、その性格は変わらなかったが、与市は未《いま》だに望月を商売道具として使うことを諦《あきら》めてはいない。

――いいか？　次はねえからな。

しくじった後、「破り捨てるぞ」と脅されるのは常のことだった。今のところ、何とか命を繋《つな》いでいるが、いつ与市の堪忍袋の緒が切れるか分からない。だから、望月ができることといえば、「嫌だ嫌だ」と言いながら、与市の命通り、鼠退治に赴《おもむ》くことだけだった。

東の地をあらかた回った与市と望月は、西国《さいごく》の方に拠点を移すことにした。これから段々と寒くなるので、冬になる前には南に移動しようという心積もりである。

「西に来ても鼠の一匹も捕まえられねえ。お前と来たらいつまで経っても何の役にも立たねえな。ただの猫絵の方がよほど役に立つぞ」

隙間風《すきまかぜ》のひどい宿にて絵を描きつつ、与市はいつものように悪態を吐いた。部屋には与市のほか誰もいない。あるのは、一枚の猫絵だけだ。

「この国の鼠は食べ物がいいのでしょう。とても大きいのです。猫の私が思わず怯《ひる》んでしまうほど、よく肥えに肥えております」

「だからまたしくじったのか？　いつもいつも下らねえ言い訳しやがって……大体な、言い訳するんだったら、せめて面見せやがれ！」

じろりと音がしそうな鋭い視線を受け、望月は慌てて猫絵の中から飛び出た。

「いつ見ても、真ん丸で潰れた面していやがる。俺のつけてやった名がぴったりだぜ」

鼻を鳴らす与市を見上げた望月は、尾を枯れかけたすすきのように、力なく倒した。

「お前がこの世に出てきやがった時、お前のその潰れた面と同じような月が出ていたのを覚えているか？　月に化かされたのかもしれねえな」

「すると、私は月の化身ということでしょうか」

「そんな御大層なものであるわけがねえ。図々しいんだよ、このすっとこどっこい。お前はただの化け物さ。そのくせ何の力もねえんだから、本当にどうしようもない野郎だ」

「うう……」とうなだれた望月だったが、泣きはしなかった。与市の悪口は辛辣《しんらつ》だが、一年も共にいれば、少しは慣れてくるものである。それに、与市は誰に対してもあまり態度がいいとは言えなかった。もっとも、客の前ではすこぶる愛想がいいので、大抵の者は与市の性格の悪さに気づきはしない。

「さて、次の町ではどれだけさばけるかな。これは良いできだから、そこそこの値で売れるだろうよ。そこの化け猫も金持ちに貸し出して、銭をふんだくってやろう」

そう言って機嫌よく口笛を吹いた与市の手元を、望月はこっそり盗み見た。化け猫とはいえ、猫である望月が、思わず喉を鳴らしかけたくらい、与市の描いた絵は本物の猫そっくりだ。与市は本当に繊細《せんさい》で美しい絵を描く。口を開けば悪口や金儲けのことしか言わぬ男が描いたとは、誰も信じぬだろう。与市が黙って筆を動かしている様を見るのが、望月の密《ひそ》かな楽しみだった。そうするには、猫絵の中にいる方が堂々とできたが、与市は一人になった途端、決まって望月を呼び出した。

（この人も寂しいと思うことがあるのだろうか）

望月は与市のことを何も知らぬ。猫絵を描いて売る以前は、江戸で何か商売をやっていたことは、彼のこれまでの言から察したが、それ以上は分からなかった。どこで生まれて誰と生きてきたのか、家族はいるのか、何を大事に想っているのか――色々と聞きたいことはあったが、捻《ひね》くれ者の与市から素直な答えをもらえるとは思えなかった。小さく嘆息《たんそく》した望月は、手足を折り畳み、胴の下に入れ込んで座った。

「そうすると兎公《うさこう》みてえだな。化け物に満月に兎にと忙しい奴め」

昏の片端を歪《ゆが》めた与市は、馬鹿にした口調とは裏腹に満足げな表情を浮かべ、黙々と絵を描きだした。黙ってくれないかと思っていた望月だったが、てんで関心を持たれぬと少し寂しくなる。さらさらと静かな筆の運びが聞こえてきて、望月はそのうち眠りについた。

西国に入って半月が経った頃、肌寒い風が吹くなか、与市は荷車にもたれかかって怒っていた。

「……俺にほら吹きやがったあの野郎、決して許さねえ。おい、化け猫！　呪ってやれ」

吠えるように言った与市に従って、彼の手元に収まっていた猫絵から、ぽんっと望月が飛び出た。真っ昼間、道のど真ん中で呼び出されたのははじめてだったが、周りを見回した望月はすぐに得心《とくしん》した。周囲には、人っ子一人いない。

「呪いなんて私には無理ですよう……それに、あの方の記憶違いかもしれませんよ」

「そんなわけがあるものか。大方、俺の才を妬《ねた》んで嘘を教えてきたんだ。小狡《こずる》い野郎だぜ、まったく。おい、天にいる神さんよ！　今すぐあいつに罰《ばち》を当ててくれ！」

与市は神仏にまで不遜な態度を平気で取るので、望月は慌てて止めた。己から口にしたくせに、「神なんていねえよ」などと嘯《うそぶ》くので、もはやお手上げだった。

——猫絵売りの兄さん、絵が上手だねえ。でも、勿体《もったい》ない。この辺にはあまり商いやっている奴がいないのさ。そうだ、あの村に行ったらいい。この街道をまっすぐ進んで、分かれ道で右に。そうしたら、ずっと先に峠が見えるから、そこを目指して行くんだ。峠の下には、養蚕が盛んな村がある。きっとあんたの絵を皆欲しがるよ。礼などいらないさ。扱っている物は違えど、同じ絵売りだ。儲けがたくさん出るように祈っているよ。

これは、昨日与市に声をかけてきた大津絵売りの台詞《せりふ》だ。

「人に尽くすのが生きがいの人かもしれませんよう」

「世の中には確かにそういう手合いがいる。だが、そういう奴は打算で動いてるんだ。見返りが欲しくてやってるんだよ。だが、あの野郎が俺に尽くしたところで、俺は何も返さねえ。だったら、俺に尽くしてやる理由など一つもねえじゃねえか」

与市が吐き捨てるような物言いをした直後、

「もし」

見知らぬ声が響いた。望月は慌てて絵の中に戻った。

「何のご用でしょう。旦那、もしや猫絵をお求めで？」

にっこりと言った与市を見て、望月は内心溜息を吐いた。先ほどまでとはまるで別人だ。

「――ほう、鼠に悩まされていらっしゃると。いやいや、これは良い時に出会えました。実は旦那……ここだけの話なんですが、特別な猫絵を持っていましてね」

男の話を聞いた与市はそう言って、望月の絵を客の前に見えるように翳《かざ》した。客の顔をまじまじと眺めた望月は、己がこの人物に貸し出されて行くことを悟った。

客は、四十半ばくらいで、恰幅《かっぷく》のいい男だった。着物の仕立は上等で、ぶら下がった根付はこれまた高価そうである。武骨な顔の中で目立っているのは、黒々とした円《つぶ》らな目だ。これほど黒目がちな目をした人間をはじめて見た望月は、少々驚いた。彼はその目で、望月の宿った猫絵をじっと見つめてきた。

「何の変哲もない、ただの猫絵に見えるが」

「それは間違いでございます。実はこの猫絵、丑三《うしみ》つ時《どき》になると絵から抜け出して、外に出て参るのです。信じられぬとおっしゃるならば、ほんの少しだけお見せしましょう」

客の疑問にすらすらと答えた与市は、猫絵の尾の辺りを軽く撫《な》でた。いつもの合図だと了解した望月は、ゆらゆらと尾を揺らした。

「……この猫は本当に生きているのか」

「ええ、その通りにございます。この猫絵の猫は、命を持っているのです。私の命《めい》で鼠退治を行ない続けて早十五年――鼠の百も千も捕まえることなど朝飯前」

嘘八百並べ立てる与市に、絵の中の望月は頭を抱えたくなった。与市と望月の絵を見比べた客は、懐から出した財布の紐《ひも》を解《ほど》き始めた。

「試しに買ってみるか。いくらだ」

「申し訳ございません。この猫絵は、貸し出しだけさせていただいているのです。この猫は、私の言うことしか聞き入れませぬ。だから、お売りしたところで、ただの猫絵になってしまう。しかし、私が命じれば、一夜くらいならばよその家でも立派に勤めを果たします。これまでもそうでございました」

客の問いに先んじて答えた与市は、はっきりと値を伝えた。与市もまた、客が裕福であることを感じ取ったのだろう。常の倍近くの値を言ってのけた。相手も流石《さすが》に高いと感じたのか、悩んだ顔をして、やがて不承不承《ふしょうぶしょう》に頷《うなず》いた。

「旦那のお屋敷を教えていただけるのでしたら、明日引き取りにまいります」

「明日は少々用がある。陽が沈んだ頃に来てくれ」

与市は客から金を受け取り、代わりに望月の絵を渡した。

「この道沿いをまっすぐ進んでいくと、小さな村がある。一等大きな屋敷が我が家だ」

北の方向を指差した客は、猫絵を持って踵《きびす》を返した。

「一つだけ気をつけていただきたき点がございます。その絵に住まう者は、月の力を受けてこの世に生まれし魔——手出しする者には容赦《ようしゃ》いたしません。その絵を害することあれば、旦那に害が及ぶことになりますので、丁重にお持ち帰りください。

なに、尋常に扱っていれば、何の問題もございません。鼠が出る場所に飾ってくださっていれば、それで結構です。では、明日の暮れにお伺いいたします」

すらすら述べた与市は、深々と頭を下げた。振り返って与市を見ていた客は、一つ頷いて再び北の方へ歩き出した。

（……ああ、今日こそ期待に応《こた》えねば）

客の口元に浮かんだ笑みを見た望月は、怯え心を押さえて誓った。


客に連れていかれたのは、峠の下に位置する村だった。客の言うように、小さな集落ではあったが、そこにある屋敷は皆、なかなか立派な造りをしている。人の姿が見えぬのが不思議だったが、この村に住んでいる人数はおそらく多いはずだ。

（一等大きな家と言っていたけれど……まさか——）

望月は呆気《あっけ》に取られて、目を瞬かせた。想像していた倍は大きい。単に屋敷が広いわけではなく、門から屋根から壁に至るまで種々の意匠が凝らされていて、まるで小さな城といった様子だ。養蚕業の他に、名主もやっているのかもしれぬ。門を潜《くぐ》って向かいには、旅の大名が休息のために駕籠《かご》で乗り入れられる、大きな入口があった。屋敷の更に奥には、立派な納屋《なや》が見える。おそらく、そこで養蚕をやっているのだろう。真っ先に納屋へ向かうものだと思ったが、客の男は裏から屋敷の中へと入っていった。

（なんという……なんという……）

紙の中からでも十二分に感じ取れるほど、屋敷の内部は外に輪をかけて素晴らしい造りをしていた。ぴかぴかに磨かれた床や、美しい調度品の数々にも驚いたが、度肝を抜かれたのは、小間使いや女中の多さだった。一言も口を利かず、叩頭して迎える彼らの前を、客の男はゆったりと通り過ぎていく。長い廊下を歩くにつれ、望月は段々と己が皆から頭を下げられているような気がしてきてしまって、思わずにやけた。

そんな呑気《のんき》な望月が異変を感じたのは、部屋に入ってから四半刻《しはんとき》経った頃だった。敷いた座布団の上に座った男は、いつまで経っても動き出す気配がなかった。望月が困惑したのは、なぜか男と向かい合うようにして、座布団の上に置かれていたからだ。これまで望月は、貸し出された家に着いた途端、鼠の出る場所に飾られるのが常だった。慣れぬことにはじめは緊張していた望月だったが、次第に眠気が襲ってきた。

――呑気に寝てんな、このすっとこどっこいの化け猫！

「ひええ、申し訳ありませぬ！」

うつらうつらしかけていた望月は、突如として絵の外に飛び出た。その瞬間、望月は己が夢の中の与市の声に反応してしまったことに気づいた。その部屋のどこにも、与市の姿などない。さっと青ざめた望月だったが、

「へ……あなた今、私を破こうとしていました……？」

まさかと思いつつ口にしてしまった。男が手にしていたのは、望月が今飛び出したばかりの絵だった。その仕草を見る限り、破ろうとしていたとしか思えなかった。耳を下げ、尾を揺らし、動揺を露《あら》わにする望月を見て、男は半紙を己の組んだ膝《ひざ》の上に置いた。

「やはり、仲間だったか」

「仲間……？」

「俺もお前と同じ、妖怪さ」

どう見ても人間にしか見えぬ相手は、そう言ってかすかに笑った。座るように促された望月は、そろりと忍び足で座布団に戻り、恐る恐る男の顔を見上げた。

「お前はなぜ人に飼われているのだ」

「それがそのう……私がこの世に生まれたのは、与市殿の筆によるのです。あの人

が描いた猫絵から、なぜか飛び出してきてしまいまして、今こうして生きております」

望月が答えると、男は眉を顰《しか》めて再び問うた。

「なぜ、これまで逃げ出そうとしなかった？　機会ならばいくらでもあっただろうに」

「……逃げ出そうと思いました。ええ、それはもう何度も……ですが、私は所詮《しょせん》紙の上に描かれた猫です。私の宿った紙を盾に取られては、逃げ出すことなどできません」

「この紙がお前の命を握っているというわけか。だが、奴が卑怯《ひきょう》にも握っていたお前の命は、今ここにある。奴がお前を脅すことなど、もうできはしない」

半紙を持ち上げて愉快げに言った男を見た途端、望月は座布団に顔を伏せて泣き出した。

「今度は、あなたがその紙を盾にして、私をこき使うのですね……⁉」

ならば、これまでとまるで状況は変わらぬ。少しは与市に慣れて来た分、かえって悪いことになるやもしれぬ。にゃあんと猫らしい叫びを上げ続ける望月に、男は息を吐いた。

「――それがお前の力だ。知らずにいただけで、ずっと持ち得ていたものだ」

望月は驚きのあまり絶句した。男が己に向かって小刀を投げつけたことにではない。その小刀が、ばらばらになって畳の上に落ちていたからだ。小刀をそんな状態にしたのは、他ならぬ望月だった。かわしきれぬと判断した時、口を開いて、歯で小刀を受け止めた。その時、勢いあまって嚙み砕いてしまったのだ。

「俺の力添えがあれば、この紙きれなどなくとも、お前はその姿のまま存在し続けることができる。俺はお前を使って何かしようなどとは思わぬ。俺の方が格段に強いからだ。これから見せるのが、俺の真の姿だ。自由になりたいと願うならば、俺が叶えてやろう」

さっと寒気《さむけ》がして、望月は身を震わせた。その正体が何であるのか分からなかったが、男の身から発されているのだということは分かった。単に恐ろしいだけならば、鼠相手のように逃げ出しただろう。望月は、男の醸《かも》し出す気に親近感を覚えていた。

(私の中にも流れている……何かのような――)

それが妖気であることを自覚する前に、望月は男に問うた。

「なぜ、私を自由にしてくれるとおっしゃるのですか。私には何も返せません……」

——そういう奴は打算で動いてるんだ。見返りが欲しくてやってるんだよ。

与市の言を思い出して、不安に揺れる望月の瞳を見た男は、首を横に振った。

「お前の飼い主のような人間が嫌いなだけだ。見返りなど何もいらぬが、代わりに一つだけ条件を出す。お前自身もずっとそれを願っていたはずだ」

そう言って立ち上がった男は、みるみるうちに変貌《へんぼう》を遂げた。見開いた望月の目には、もはや人間には到底見えぬ男の真の姿が映っていた。先ほど抱《いだ》いた親近感など、一瞬のうちに消え去ったほど、本性を出した相手から湧き上がった妖気は凄《すさ》まじかった。

「——与市を殺せ」

けむくじゃらの顔を歪めた男は、赤い舌を覗《のぞ》かせてにいっと笑って言った。

＊＊＊

翌日、日暮れの頃——与市は望月を貸し出した男に命じられた通り、彼の屋敷を訪れた。門を潜《くぐ》り抜けたところで、与市はしばし立ち尽くした。目の前にそびえ立つ母屋は、荘厳《そうごん》な趣があり、大きくて立派だった。身形からして金持ちだろうと思っていたが、想像をはるかに超えている。早目に着いてしまったこともあり、与市は敷地の中をこっそり見て回った。母屋の他に、裏にはこれまた大きな庭と蔵、それに納屋があった。

（随分と儲けているようじゃねえか。これなら、もっとふっかけてやればよかったぜ）

鼻を鳴らした与市は、母屋の前に戻って声をかけた。しかし、誰も出てこない。常ならば、文句を言いながら猫絵を突き返してくる場面であるというのに、何度繰り返しても返答の一つもなかった。

「まさか望月の奴……役立たずと知られて、あの肥えた男に捕まったんじゃねえだろうな。おいおい、冗談じゃねえぞ。そんなことになったら、俺の願いが叶わねえじゃねえか……」

ぶつぶつ言っていた与市だったが、視界の端に何かがよぎったことに気づく。方向からして裏の方だ。そちらを覗いてみると、納屋から光が漏れているのが見えた。家業をやっているのかもしれぬと思った与市は、光に吸い寄せられるようにして歩き出した。

「猫絵売りです。お約束通り参りました。旦那、こちらにいらっしゃいますか？」

納屋の前に立った与市は、商売用の笑みを浮かべて述べた。返答はなかった。口の端を歪めた与市は、断りを入れて戸を開けた。中は暗いが、奥にぽつんと灯《あか》りが見えた。

「どなたかいらっしゃいますか？　もしも、手が離せぬほどお忙しいならば、例の猫絵だけ持って帰りますので。どこにあるのかおっしゃっていただけませんかね」

歩き出しながら、与市はよく通る声を上げた。足元がよく見えぬので難儀したが、ほのかな光のおかげで何とか前に進めた。十数歩歩いた時、後ろからどんっという音が響いた。戸が閉じられた音だった。

「誰だ⁉　中に人がいるんだぞ！　気づいてねえっていうのか――」

毒づきかけたところ、奥の方から光が近づいてきた。誰かが行灯《あんどん》を持ってきたのだろうと思い、再び前を向いた与市は、浮かべかけた笑みをさっと引いた。

近づいてくる光は、行灯ではない。一つ一つは小さいが、無数とも言える赤光《しゃっこう》だった。それらは与市の姿を捉《とら》えると、微かに形を歪めて、向かってきた。ぞろぞろぞろぞろ――蠢《うごめ》く無数の赤は、二つずつ対《つい》になっている。その正体が分かった時、与市の身にぞわりと鳥肌が立った。

赤い光はすべて目だった。目を光らせていたのは、茶や灰の毛を全身に覆った獣――。

「――鼠、だと……一体何匹いやがるんだ⁉」

思わず声を上げた与市は、慌てて踵を返し、閉じられた戸の方へ走り出した。しかし、すぐさま方向を変えて、横道に入った。戸前にも、たくさんの赤い光が見えたのだ。

「……くそ。何だってんだ！　それもこれもすべてあの野郎のせいだ……望月！　どこかで震えてるんだろ⁉　額に落書きするだけで許してやるから、さっさと出てこい！」

納屋中を走り回りながら、与市は叫んだ。何とか鼠たちを撒《ま》いて、隙をついて外に出ていこうとしたが、西へ行けば赤い光が向かってきて、東に行けば赤い光に追いかけられる。ならば、南へと足を向けると、赤い光のかたまりがわらわらと蠢いている。北の方へ逃げるしかない――そう思って走り出すと、幸いなことにそちらには鼠たちがいなかった。

「望月、もしまだここにいるならば、何とか北方向へ走れ！」

もはやここにはいないのかもしれぬと思いつつも、与市は声を振り絞った。間もなくして、にわかに足を止めた与市は、乾いた笑いを漏らして、くしゃりと鬢《びん》を撫でた。その手が震えていることを自覚しながら、与市はぽつりと言った。

「そこにいたのか……」

望月――と名を続けることはできなかった。己の前に立ちふさがるように立っている望月は、与市が知っている望月ではなかった。

「ふううう……ふううう……ふううう……」

獣の唸《うな》り声を上げていた望月は、常の何倍もの大きさへと変じていた。茶と黒の斑模様の毛並みはそのままだったが、目の色は鼠たちと同じく赤く染まっている。三日月のように弧を描いた爪は鋭く、何でも切れてしまいそうだった。口からはみ出た牙も爪と同様に、刃物のごとく鋭利で、ゆらゆらと揺れる影を作っているのは、望月の二股に割れた尾だ。望月が本当の化け物になってしまった今、与市はこれまでと同じ言葉は吐けなかった。そして、望月の前には、同じくらい異様に大きな形をした鼠がいた。

「……お前がやったのか？」

やっとのことで出した声は掠《かす》れていたが、相手にははっきりと聞こえたようだ。

「俺はただ、望月の中に眠っていた力を呼び覚ましただけだ」

「その声は……せっかく猫絵を貸してやったのに、恩を仇で返すとはなあ、旦那！」

舌打ちしつつ苛立《いらだ》ちの声を上げた与市は、目の前の大鼠の妖怪——昨日のいかにも裕福そうな男の変じた姿を、ぎろりと睨《にら》み据《す》えた。

「何だってこんな真似した⁉　お前とは昨日はじめて会ったんだ。何の逆恨《さかうら》みか知らねえが、やるならお前が恨んでいる相手にやってやれよ！」

足を一歩踏み出して啖呵《たんか》を切った与市に、大鼠の妖怪は鼻を鳴らしてこう言った。

「俺はただ人間が嫌いなだけだ。それに、恨みを持っている相手はとっくの昔に死んだ」

「……まさか、お前が殺したのか？」

眉を顰めて問うた与市に、大鼠の妖怪はふっと笑いを漏らした。答えを口にすることなく、ゆらり身を揺らした大鼠の妖怪を見て、与市は慌てて顔前で両手を振った。

「待て！　俺を殺す前に、お前が人間嫌いになった理由を教えてくれ。そうじゃねえと、気になって、死んでも死にきれねえ」

「隙をついて逃げ出そうという魂胆か。お前は今も我らが同輩に包囲されている。

何より、ここにいるお前がいじめこき使っていた猫が、お前をいつ殺そうか、ずっと前から様子を窺《うかが》っているのだ。俺が昔語りをしたところで、その間何ができるわけでもない」

大鼠の妖怪が言うように、納屋の中には大勢の鼠が蠢いている。彼が合図を送れば、すぐさま与市に襲いかかってくるのだろう。

「別段逃げ出す気なんてねえ。ここから逃げられねえのは、囚《とら》われた俺が一等よく分かってる。だから、冥途《めいど》の土産《みやげ》にと思って、俺に語ってくれねえか」

与市の顔と声音は、真剣そのものだった。大鼠の妖怪にもそれは伝わったのだろう。少し経ってから、「よかろう」と一言述べた。

「どちらにしろ、お前が死ぬことには変わりない。この望月の手によってな」

毛むくじゃらな手で指し示されたのは、同じく全身を毛に覆われた望月だった。

「ふううう……ふううう……ふううう……」

変化に身体が追いついていないのか、与市と大鼠の妖怪が話していても、無言で荒い息を繰り返したままだ。そんな望月をじっと見据えた与市は、顔を歪めて言った。

「その役立たずに俺を殺させる気ならば、そいつが覚醒《かくせい》する前にさっさと話してくれ」

与市の決意の籠《こも》った声を聞いた大鼠の妖怪は、目を三日月に細めて口を開いた。

「──俺の名は鉄鼠《てっそ》という。元はただの鼠だった。この納屋で生まれ育ち、殺された」

「この地にははるか昔、鼠の形をした非常に強い力を持つ妖怪が棲んでいたらしい」

その妖怪は、この地に人間が来る前に妖生を終えたが、強すぎる妖気はこの世に残ったままだった。その影響を受けた先祖たちが、鉄鼠たちにも影響を与えた。

「俺の名は、昔のその大妖《たいよう》から取ったものだ。俺がこの姿になる前、名はなかった」

他の鼠よりも強い命を持っていたとはいえ、昔の鉄鼠はただの鼠だった。それは他の者たちも同様で、皆はこの納屋で日々緊張感を持って生きていた。

──鼠が出たぞ！　俺たちの商売道具を食いやがって、この畜生ども！

この家は、代々養蚕業をしていた。彼らにとって、蚕を食らう鼠は憎い敵だった。姿を見つければ、血眼《ちまなこ》で追いかけた。鼠はすばしっこく、逃げるのは得意だが、不意を突かれることはあったたし、罠《わな》にかかってしまうこともあった。そうなった鼠は、皆死んだ。

「お前はそれを恨みに思ったのか？」

与市の問いに、鉄鼠は低く答える。

「仲間を殺されて、良い気がするわけがない。だが、人間にとって、蚕は商品だ。それを食われたら生活が立ちゆかぬことは承知していた。俺が嫌悪するのは、人間の強欲さだ」

商売が上手《うま》くいきだすと、どんどん屋敷を大きくしていき、人を増やした。身につける物も華美になり、下働きの者たちを酷使するようになった。生きてさえいればそれでいい——そう思う鼠たちからすると、彼らは浅ましく映った。それでも、鼠たちはこの納屋から出ていかなかった。理由は、蚕という美味な食物があっただけではない。

——皆、これお食べ。おっかさんたちには内緒だよ。

納屋から人が消えた時を狙って、時折そう言って餌を持ってくる人間がいた。それは、当時まだ八つくらいの、この家の娘だった。これまで、人間からもらうものといえば、殺意が込められた攻撃の手だけだった。だから、はじめは優しくされても、娘の前には決して姿を見せなかった。だが、娘の持ってくる餌は、娘がこっそり残した家の馳走《ちそう》だ。人間たちに見張られ、満足するほど蚕を食べられたことなどなかった鼠たちは、そのうち誘惑に勝てなくなった。

——美味《おい》しい？　まだまだあるよ。

周りに集るようになった鼠たちを見下ろして、娘はにこにこしていた。穏やかで優しい時は、娘と鼠たちだけの秘密だった。

それから二年も経たぬうちに、娘は納屋に姿を現さなくなった。鼠たちは皆心配したが、娘の明るい声が外から聞こえてきたので、体調が悪いのではないと分かって安堵《あんど》した。元気でさえあれば、いつかまた会える——そう信じることにして、鼠たちは互いに慰め合った。

「娘が他家に嫁《とつ》ぐという話を耳にしたのは、娘が十七になる年のことだった」

顔を合わせなくなって七年も経っていたが、鼠たちは一度も娘のことを忘れたことはなかった。その頃には生まれていなかった小鼠たちも、仲間からよく娘の話を聞いていたので、娘が去っていくことを哀《かな》しんだ。納屋にいる鼠たちは、一匹残らず娘を愛していた。二年にも満たぬ交流だったが、娘がくれた慈《いつく》しみを忘れたことはなかった。

――最後に、これまでの恩義への礼を述べよう。

ある鼠の提案に、仲間たちは賛同した。問題はどうやって娘に会うかということだった。よい方法が見つからぬまま、娘の輿入《こしい》れ前夜となった。

――皆が寝静まった後、娘の部屋に忍び込む。

危ない橋だということは分かっていたが、それしか方法はなかった。どうしても、皆娘に一目だけでも会いたかったのだ。納屋の見張りが去り、屋敷の灯りがすっかり消えた深夜、鼠たちは列をなして屋敷に向かった。誰も彼も鳴き声一つ上げなかった。数年前に嗅《か》いだ娘の匂いを頼りに、やっとのことで部屋を見つけた時、一同はほっと息を吐いた。ここまで来れば、後は挨拶して戻るだけだ。これで、無事にことは済む――そう思っていた。

――……ひっ、何なの!?　気持ちが悪い……誰か来て！　汚い鼠が……鼠が私の部屋にたくさんいる……！　誰か来て、鼠を殺して！

目を覚ました娘は、部屋の隅にいた鼠たちを目にした瞬間、飛び起きて叫び声を上げた。

「あれほど可愛がっていたというのに、娘はそんなことすっかり忘れたようだった。俺たちは信じられず、その場から動き出すことができなかった」

戸惑っているうちに、娘の家族が部屋に集ってきた。それからの数刻は、鼠たちにとって地獄だった。その場で殺された者は数知れず、逃げ惑った廊下や客間で殺された者、納屋まで逃げたものの、その前に負わされた傷が元で死んだ者——様々だった。千はいた鼠たちは、その夜だけで十数にまで減った。

「己もその時殺された」

「だが……お前は今も生きている」

鉄鼠の言に、与市は訝《いぶか》しむ声で呟いた。

「一度死に、再び蘇《よみがえ》ったのだ。はるか昔にこの地で死んだ大妖の力を己の身に取り込み、人間たちの生気を糧《かて》にこうして生きてきた」

目を見開いた与市を見て、鉄鼠はおかしそうに笑い出した。

「長年俺たちを虐《しいた》げていた人間が、苦しみながら死んでいく時の顔といったら、滑稽極まりなかった。助けを乞うても、誰も助けられるわけがない。死んで当然だ。奴らが大事にしていた蚕も、奴らがいなくなった時に皆死んだ！」

ひきつけを起こしながら早口で述べる鉄鼠を眺めながら、与市は首を傾《かし》げて呟いた。

「……娘に会いに行こうと言ったのは、お前か？」

一瞬にして笑いを止めた鉄鼠に、与市はまっすぐな瞳を向けて続けた。

「己が皆を促したせいで——と自責の念に駆られたお前は、鉄鼠になった。それからは、そこら中にいる鼠たちを養ってきた。人間たちの生気を糧にというが、意図してやったわけじゃないんじゃないか？　お前は『人間を殺した』とは言わなかった。もしや、未だにお前は、仲間や人間たちの命を奪うことになってしまったことを悔やんで——」

「——話は終《しま》いだ。望月、こいつを殺せ」

与市の口からひゅっと苦しげな息が漏れた。周りにいた鼠たちが、与市の喉に噛みついたのだ。鼠をけしかけた鉄鼠は、細めていた目を見開き、赤光を怪しく発している。その場に倒れ込んだ与市は、鉄鼠の身から放たれた禍々《まがまが》しい気にあてられ、眩暈《めまい》がした。

「うう……うおお……うおおおおおおお」

納屋の中を震わすほど、咆哮《ほうこう》が響いた。発したのは望月だった。俯《うつむ》いた顔から止《と》め処《ど》なく流れ落ちているのは、唾液だろうか。手の握りを繰り返すたび、爪の鋭さが増していった。小刻みに震えている身からは、禍々しい気が発されている。鼠たちを剝がし、何とか半身を起こした与市は、望月の変わり果てた姿を見て、ごくりと喉を鳴らした。

「望月、こいつを殺せ。さすれば、自由にしてやる」

叫んだ鉄鼠は、振り上げた手で望月の背を押した。望月は高く跳びあがり、天井近くで止まると、一気に下降してきた。その先には与市がいたが、彼は動かなかった。腰が抜けたわけでもなければ、怖気《おじけ》づいたわけでもない。それは、与市の顔に浮かんだどこか安堵したような、柔らかな表情から見て取れた。その様子を目にした鉄鼠は、訝しむ顔をした。

「うおおおおお」

望月は叫び声を上げながら、与市の身体に覆いかぶさるように落下した。大きな物体が落ちた割に、大した音は響かなかった。じきに、望月の口から呻《うめ》き声が漏れた。

「ううう……うううう……うううう……」

もそもそと動く背を黙って見ていた鉄鼠は、そのうち笑い出した。

「ははは……ははは!　これで、憎い人間がまた死んだ!　ははは、はははは……」

笑っているくせに、鉄鼠の声は喜んでいる風には聞こえなかった。だが、額面通りに言葉を受け取り、「え」と声を上げた者がいた。

「よ、与市殿……死んでしまったんですか⁉　そんな……うわああ、嫌だあ！　生き返ってください、与市殿！　私、一人でこんなところにいたら怖くて死んでしまいます」

喚《わめ》き出したのは、与市の身に覆いかぶさったままの望月だった。そのすぐ後に「阿呆」と馬鹿にしきった声が響き、鉄鼠は笑いを止めた。

「こんな時に手前《てめえ》の心配かよ。少しくらい、俺の心配をしろ……この化け物……」

そう言ったのは、望月の身体の下から這《は》い出た与市だった。傍《はた》からすると、与市の身を喰おうとしている風にしか見えなかったが、望月は与市の胸に縋《すが》って咽《むせ》び泣いていた。

「……与市殿、私が恐ろしくないのですか。私のことを化け物とおっしゃいますが、与市殿の肝の据わり方の方がよほど化け物だ。今だって、こんな大勢の鼠に囲まれているのに――うわあ、真っ赤な目でこっちを見てる！」

半狂乱になった望月は、与市の身を持ち上げて、ぎゅうっと抱きしめた。

「いててて……この馬鹿猫！　もっと化け物らしい矜持《きょうじ》を持てよ！　――本当に何なんだよ、お前……俺を殺すんじゃなかったのか？」

目尻に涙を溜め、高らかに笑い出した与市を見つめて、望月は目を瞬かせた。与市がこんな風に思いのまま笑っている姿を、はじめて見たのだ。笑い続けた与市は、やがて口元だけに薄い笑みを敷いて、望月に問うた。

「……自由にならなくていいのか」

望月はぐっと詰まった顔をして、ふるふると首を横に振って答えた。

「自由になりたいと思っていました。でも、それは与市殿の傍《そば》から離れることではありません。だって、たったこれだけ離れていただけなのに、こんなにも寂しかった。私は与市殿の傍にいます。たとえ、お許しいただけなくとも……！」

しゃくりあげながら言った望月を見上げて、与市は眉尻を下げて小さく頷いた。許しをもらえたことを悟り、望月が顔を明るくした時、地を這うような不気味な音が響き渡った。それは、納屋中の鼠たちが、与市と望月に向かって突進してくる足音だった。

「ひ……ひえええ、喰われるう！」

己の身体を這いあがって来た鼠たちに気づき、望月は悲鳴を上げた。「なさけねえ声出すな」と常のごとく望月を叱咤《しった》した与市も、その身を鼠たちに覆われはじめていた。鼠たちを煽《あお》っていたのは、燃えるような目で与市と望月を睨んでいた鉄鼠だ。

「……望月が思ったように動かなかったから、望月もろとも俺を殺そうって腹か。せっかく大妖の名を継いだというのに、矜持の低い野郎だな！」

顎《あご》の下まで鼠に覆われてしまったというのに、与市は常通りだった。泣き笑いをした望月は、鋭い爪が刺さらぬように気をつけながら手を伸ばし、鼠たちを振り落として与市を持ち上げた。納屋の至る所に鼠がいる。戸口まで投げられたとしても、ぶつかった衝撃で、与市はひどい怪我を負ってしまうだろう。望月は、己の爪をばきりと折った。

「お前、一体何を――」

与市の言葉は、望月の大きな手の中に包み込まれて途切れた。そこには、刃物のように鋭い望月の爪も一緒に入れられた。

「私の身体は鋼《はがね》のように頑強です。この中にいれば、きっと大丈夫。何があっても、この手を決して開きはしません。だから、私が死んだ後、与市殿はお渡しした爪でこじ開けて出てください。……そして、どこまでも逃げてください」

丸を作った両手に向かって話した望月は、目を閉じた。与市が何事か叫んでいるのは分かったが、聞き届ける余裕はなかった。気づけば、仁王立ちしたまま気を失っていた。

――逝《い》くな……お前まで逝ってしまったら、俺はたった一人きりになってしまう……。

(……私ならば、どこにもまいりません。だから、そう泣かないでください――)

――俺を置いていくなんて、許さねえ……なあ、頼む。どうか目を覚ましてくれ。

「――おい、起きろ!」

「ひえっ⁉」

ばちんと手と手を合わせた音が響き、望月は慌てて身を起こした。どうやら己は寝ていたらしい。今いる場所はただの草原で、あるのは秋の装いをした木々ばかりだ。小高い丘のようで、下には廃村らしき荒れ果てた地が広がっていた。望月が顔を上げると、こちらを見下ろす、不機嫌そうな痩せた顔があった。

「……与市殿……ご無事でしたか!」

記憶が蘇った望月は、与市の胸に飛びついたが、手に力を入れた瞬間ハッとした。

「潰れるから止《や》めろ」と怒鳴られると思ったのだ。しかし、聞こえてきたのは、くすりと笑う声だった。恐る恐る顔を上げた望月が見たのは、目を細めた与市の顔だった。浮遊感を覚えて視線を下に向けると、与市の両手が望月の腰を摑み上げていた。望月の目が点になったのを見て、与市はますます笑った。

与市の目が覚めた時には、望月は元通りの猫の姿に戻っており、二人してこの草原に倒れていたという。「下を見てみろ」と言われた望月は、崖の下を覗いた。何の所縁《ゆかり》もない廃村――そう思っていた望月は、あることに気づいて振り返った。

「与市殿、あの村は……あの村の中心にあるのは――!?」

頷いた与市は、懐から半紙を一枚取り出し、それを望月に見せた。

「目を覚ました時、俺の横に置いてあった。お前を重しにしてな」

与市の言を聞いた望月は、深呼吸をして、その半紙に向かっていった。それから三つも数えぬうちに絵の中の猫となった望月は、目を瞬かせてぽつりと言った。

「……なぜ、見逃してくれたのでしょうか」

望月の頭に浮かんだのは、人への憎しみに囚われた鉄鼠の姿だった。しかし、不思議と怖いとは思わなかった。あの配下の鼠たちに這い上がられた時には恐ろしかったが、それを指示した鉄鼠を憎いとも思わなかった。

――なぜだ。なぜ――。

気を失う直前、慟哭《どうこく》する声が耳に届いたせいだろうか。物悲しさに囚われた望月は、与市を見上げて息を呑んだ。そこには、己よりもよほど哀しげな顔がある。与市の視線の先には、村の跡しかない。あのきらびやかな屋敷は、見る影もなく崩れ去っていた。そこに何かが蠢いている気がしたが、紙の中にいる望月にはよく見えなかった。

＊＊＊

鉄鼠の村を離れた与市と望月は、その後も猫絵を売り歩く旅を続けた。結局、望月はあれから一度も鼠退治ができずにいた。鉄鼠の納屋の中で変じたように、化けることもなかった。あれは鉄鼠が言っていたように、彼の力によるところが大きかったのだろう。望月はこれまで通り紙の中で過ごし、与市に呼ばれたら外に出るという生活を送っていた。

「お前は昔から臆病者だったが、いつまで経っても治らねえんだな」

「与市殿。昔からとおっしゃりますが、お会いしてまだ一年しか経ちませんよう」

「……一年も経ちゃあ、十分昔だよ。口答えするな、この化け物」

「その化け物というのはそろそろおやめいただきたいのですが――ひええ、破らないで」

周りに人がいない時は決まってそんな騒がしいやり取りをしていた。与市は意地悪で、望月も泣き虫のままだったが、以前よりも互いに表情が和らいできたある日のことだった。

いつも通り猫絵を売っていると、突然雨が降り出した。瞬く間に嵐に変わったそれは、与市の身は勿論、荷車に積んでいた猫絵をすべて濡らした。すんでのところで懐の中に望月の絵を入れた与市は、急いで風雨が防げる場所へと移動した。そのうち雷も鳴り出し、道行く道が川のようになってきた。ついさっきまで出ていた陽が幻だったかのような有様に、与市は唇を噛んだ。血が滲《にじ》んできた頃、与市は人家を見つけた。

軒下で懐の中から望月の絵を取り出すと、顔料がにじんで、ところどころ輪郭がぼやけていた。尾の辺りを優しく撫でても、望月が出てくる気配はまったくなかった。

「申し訳ありません。火にあたらせてはいただけませんか」

平身低頭頼むと、その家の老主人は渋々家に上げてくれた。荷車は土間に置かせてもらい、着物を絞った与市は、一目散に火のところまで走った。

「何で自分じゃなく、紙を乾かしているんだ」

老主人が怪訝《けげん》そうに述べた言葉は、与市には届いていなかった。今、与市の頭の中にあったのは、何としても望月を助けなければ――というただ一点だった。

「……また俺を置いて逝くなんて許さねえ」

震える唇から紡ぎ出したのは、以前にも呟いたことがある願いだった。

――逝くな……お前まで逝ってしまったら、俺はたった一人きりになってしまう……。俺を置いていくなんて、許さねえ……なあ、頼む。どうか目を覚ましてくれ。

与市がそんな泣き言を漏らしたのは、一年半前の春のこと――。その日も、今日のように強風が吹き荒れていた。違ったのは、雷雨ではなかったことだ。

江戸の商家の長子として生まれ育った与市は、商い上手の父や、気立てのいい母、心優しい奉公人たちに囲まれて、慎ましく暮らしていた。商いはすこぶる順調だったが、奢《おご》ることはなかった。二十二の時に妻に先立たれてしまったこと以外は、幸せを感じて生きていたのである。

妻のコウは、物心つく前からの友だった。家が隣同士で歳《とし》が一つ違いということもあり、本当の兄妹のように過ごしてきた。よく喧嘩もしたが、決まってすぐに仲直りする。長じてからもそれは同じで、性の違いなど感じさせぬほど、与市とコウはいつも傍にいた。そんな二人が夫婦になったのは自然なことだった。だから、「末永く共に生きていこう」と誓って五年もしないうちに、コウが突然病に倒れてしまうなど誰も予想していなかった。

――与市さん、おコウさんの後を追ったりしないだろうね……。

二人を知る人々は皆、そんな心配をした。コウを亡くした与市の憔悴《しょうすい》ぶりは見ていられぬほどだった。だが、与市は哀しみの沼に沈んでいきはせず、生きることを選んだ。それは、コウと同じくらい付き合いが長く、同じくらい大事な存在が傍にいたからである。

――与市さんはそろそろ後妻《ごさい》さんをもらいにはならないんで？

コウが死んでしばらく経つと、そう聞かれるようになった。そのたび、与市はこう答えた。

――いいんだ。俺にはこいつがいてくれるからさ。

与市は目を細めて、腕の中にいる茶黒の斑模様の猫を撫でた――それが、望月だった。ただの猫だった望月は、与市が生まれた時に実家に来た。以来、二十五年間ずっと共に生きてきた。今のように人語を話すわけでもなかったが、ただの猫にしては長命すぎた。

——化け猫？　こんな臆病な化け猫はいないさ。それに、こんな可愛いのもいやしない。

誰に何を言われても、与市は笑ってそう返した。望月は昔からひどく臆病で、与市の後をついて回り、いないと寂しがって鳴いた。それでも、与市が「待て」と言えばその場でいつまでも待っていたし、「来い」と言えばすぐ寄ってきた。まるで犬のような望月に、奉公人たちはいつも笑いを堪《こら》えていた。だが、与市からすると、離れられぬのは己の方だった。

——あんたは私の分身なのかね。この人がいないと生きていけないんだから。

そう言って望月の喉を撫でたコウは、すでに世を去っていた。だが、望月が傍にいてくれれば、コウも同じように傍にいてくれているような気がしてならなかったのだ。

一年半前、与市の実家が全焼した時、助かったのは所用で外に出ていた与市だけだった。昼過ぎに家を出て、夕方帰ってきた時には、空に浮かぶ夕陽のように、家は燃えていた。

与市は炎の中に飛び込もうとしたが、近所の人々に止められて、叶わなかった。やっと拘束を解かれたのは、火が消し止められた後だった。とうに家族が死んでいることは分かっていたが、それでも与市は炭や灰と化したものを漁《あさ》ることを止められなかった。

——一人にしてしまって、申し訳ありません……与市殿——。

己の部屋があった辺りを探っている時、与市の耳には確かに誰かの声が届いた。聞き覚えのない声だったが、与市は必死に声のした方を探った。やがて、手に触れた何かを持ち上げてみると、それは変わり果てた姿の望月だった。望月のかすかに開いた口を見た時、先ほど己を呼んだのが望月であると与市は悟った。その途端、与市の目から堪えていた涙が滝のように流れだした。その涙は、朝になるまで涸れることはなかった。

家族も家も何もかも失った与市は、半年もの間あちこちを彷徨《さまよ》った。当てもなく、頼りもなく、心さえないような流浪の日々だった。己も家族の後を追うべきかと何度も考えたが、それをする気力も涌《わ》かなかった。

絵を描いて生きていこう——そう思い立った理由は特になかった。十八の時に嫁をもらうまで、与市は手慰みに絵を描いていた。自他共に認める上手さだったが、それを商売にしようと思ったことは一度もない。それなのに、なぜかその時そう決意した。

心を決めてから、与市はすぐさま必要な道具を揃えた。有り金全部叩《はた》いて買ったことに、何の後悔も浮かばなかった。それで駄目ならば、死ぬだけだ。死ぬより辛《つら》い日々を送ってきた与市にとって、今更死ぬことなどさしたることには思えなかった。それよりも頭を悩ませたのは、何を描くかということだった。真っ先に思いついたのは猫絵だったが、それを描くことは憚《はばか》られた。どうしても、望月の姿が頭をよぎってしまうからだ。

しかし、結局与市が描いたのは、望月の絵だった。己が最期に見た望月は、可哀想な姿だった。このまま思い出さずにいたら、望月はあの姿のまま己の中に残ることとなる。そんなことをするくらいならば、あの臆病でそれ以上に愛らしい無垢《むく》な姿を残してやろう——と思ったのだ。想いを込めて、与市は一心に筆を走らせた。

——あれれ、ここは一体どこだろう……おや、どちら様ですか。ああ、申し遅れました。私は——私はどこの誰なのでしょうか？

描き終わった途端、絵から飛び出した望月がそんな言を述べたので、与市は息が止まりそうになった。驚きが困惑に変わった後、怒りが涌いてきた。望月をあの世から呼び戻してしまったのは、己の執念に他ならない。何一つ覚えていない望月を見て、与市は堪《た》えられなくなり、隠れてそっと涙した。

死んだ魂を繋ぎとめておいてはならぬ。このままではいつまでもこいつは成仏できない――そう思った与市は、望月の絵を破り捨てようとした。何度も試してみたが、思い切ることはできなかった。それをしてしまったら、もう二度と望月と会うことはかなわぬだろう。己の勝手で蘇らせたくせに、一思いに殺してやることができぬなど、なんと非道なのか――自責の念ばかり募る日々だった。

望月に鼠退治をさせようと思いついたのは、苦肉の策だった。与市が考えた通り、臆病で優しい望月は、鼠退治を殊更《ことさら》嫌がった。他人に貸し出すたび、泣いて嫌がる望月を見るのは忍びなかったが、与市にとっては好都合だった。己ではどうしても破り捨てることはできない。だが、望月が自ら逃げ去ったのならば、ようやく未練を断ち切れるかもしれぬ。

「本当の臆病者は俺だ……」

これまでを思い返していた与市は、火の前で望月の絵を乾かしながら呟いた。己で手を下せぬから、己の許から逃げ出すように仕向けることしかできなかった。こんな目に遭わなければ、己の弱さから顔を背け続けたことだろう。与市は今、（もう逃げぬ）と誓った。

「だから、帰ってきてくれ」

俺の許に三度――。

老主人の怪訝な視線など気に留めることもなく、与市は根気よく猫絵を乾かし続けた。

猫の傀儡《くぐつ》

西條奈加

西條奈加●さいじょうなか

一九六四年北海道生まれ。二〇〇五年、『金春屋ゴメス』で第一七回日本ファンタジーノベル大賞を受賞し、デビュー。一二年、『涅槃の雪』で第一八回中山義秀文学賞を受賞。著書に『烏金』、『はむ・はたる』、『朱龍哭く 弁天観音よろず始末記』、『千年鬼』、『まるまるの毬』などがある。

七夕《たなばた》を控えた文月《ふみづき》の真夜中。猫の目のような三日の月が、鳥居の端にとまっていた。

灯《あか》りの落ちた境内《けいだい》には、数十もの影がひしめいている。それまで思い思いの格好で世間話に興じていたが、本堂の縁《えん》に三つの影が現れると、ざわめきはぴたりとやんだ。

オレたちの仲間は、夜目《よめ》がきく。長老と神主、そして頭領だと、誰もが察した。

初老の長老が、縁に立ち、声を張った。

「皆の者、今宵はよう集まってくれた。今日は皆に、大事な達しがあってな」

やっぱりそうか――。つい気持ちが高まって、ぺろりと舌が出ちまった。その噂は、すでに仲間のあいだでささやかれていた。

「知ってのとおり、何より大事なお役目を負っていた順松《よりまつ》が、姿を消してひと月。方々手を尽くしてみたが、生死すら定かではない」

ざわりと境内の影が不穏にうごめき、だが長老の合図で、すぐに静かになった。

「順松を待ちたい気持ちは我らとて同じだが、この大切なお役目の席を、いつまでも空《から》にしておくわけにはいかぬ。よって、古くからのしきたりにのっとり、今宵、新たな傀儡師《くぐつし》を任ずる」

噂はあったとはいえ、長老から直《じか》にきくとやはり違う。驚きと関心が、大きなよめきとなって闇に満ちた。

「では、頭領」

「うむ」

長老が下がり、代わりに頭領が前に進む。この頭領の歳は定かではない。長老の倍はいっているとか、すでに大台を越えたとか、ともかくとんでもない年寄であることは間違いない。耳や目は相当に衰《おとろ》えているものの、威厳《いげん》は少しも損なわれていない。

江戸はもちろん、東国すべての傀儡師の、頂きにいるのが頭領だ。この町に落ち着いているわけではなく、住まいを転々としながら技を伝授し、数多《あまた》の傀儡師を育ててきた。

かくいうオレも弟子のひとりで、まだまだ若輩《じゃくはい》とはいえ、一人前の傀儡師となるために精進《しょうじん》している。この町は江戸で一、二を争うほどに仲間が多く、傀儡師はどうしても欠かせない。この町の傀儡師にえらばれるということは、何よりも名誉なことだった。

誰もが固唾《かたず》を呑んで、頭領の声を待った。張りつめたものが大気にしみわたり、夜の鳥すらも鳴くのをやめた。

よけいな御託《ごたく》も挨拶もない。頭領はしゃがれた声で、ただひと言だけ告げた。

「新たな傀儡師は、ミスジとする」

とたんに全身の毛が、さあっと逆立った。耳の先から尻尾《しっぽ》の先まで、針みたいに毛が尖《とが》っちまって、思わず爪まで立ててしまった。

「すげえじゃねえか、ミスジ」

「おめでとう！　若いのに、てえしたもんだ」

ニャーゴ、ウニャニャニャ、ミャアミャアと、皆から騒々しい祝いの言葉がかけられる。

オレはミスジ。二歳のオス猫だ。

人を使い、人を操り、猫のために働かせる。それが傀儡師だ。

オレは今日から、この猫町《ねこちょう》の傀儡師となった。

猫町は、本当の名を米町《よねちょう》という。その昔、百軒をしのぐ米屋が立ち並んでいて、あたりまえのように鼠《ねずみ》が多かった。米を守るために猫を飼う家が増えて、また大事にもされた。オレたちにとってはまさに極楽で、飼い猫のみならず野良もたくさんいる。

いまとなっては米屋はそう多くはないが、猫だけは相変わらず気ままに町中を歩きまわっている。人の口にすら米町とはのぼらず、誰もが猫町と呼んだ。

名護《なご》神社で傀儡師を拝命した翌日、オレは猫町の主《おも》だった顔役たちに挨拶に出向いた。名護神社は、別に猫の鳴き声を冠したわけでなく、古くからその名だったそうだ。催《もよお》しや相談事に集まるための場所であり、神主猫が代々住みついていた。

「てめえのような、竿《さお》の棘《とげ》さえ生えてねえガキに、猫町の傀儡師は務まらねえ。恥をかく前に、とっととお役目を返しやがれ」

オレがこの町の傀儡師になったことを、誰もが喜んでくれたわけではない。竿の棘さえ生えてねえとは、人で言うなら、尻の青いガキということだ。あからさまにそんな憎まれ口をたたいたのは、テツだった。

茶トラの猫で、歳はオレの倍も食っている。同じ頭領から指南を受けた、いわば兄弟子だが、気性の荒さは折紙つきだ。前の傀儡師だった順松を目の敵《かたき》にしていたが、テツなんぞ、順松の足許《あしもと》にもおよばない。だいたい誰彼構わず喧嘩をふっかけるような野郎には、傀儡師はとても務まらない。歳嵩《としかさ》のテツをさしおいて、頭領がオレをえらんだのもたぶんそのためだ。

「若輩者ですが、よろしくお引き回しのほどを」

オレは型どおりの挨拶をして、ニボシをさし出した。祝儀《しゅうぎ》返しのニボシは、まだ二十本はある。いくつもまわり先が残っているから、長くかかずらわっている暇はない。

「操り師がへぼなだけじゃねえ、使う傀儡だって、でくのぼうじゃねえのか！」

さっさとテツの縄張りを退散したが、その捨て台詞《ぜりふ》だけが背中に張りついていた。

「それっぱかりは、オレも心許ねえや」

ついぼやきが口をついた。

傀儡師と傀儡は、いわば一心同体。一匹の傀儡師が使う傀儡は、ひとりと定められている。誰でも務まるというわけではなく、傀儡四箇条に合う者に限られる。

壱《いち》、まず暇であること。オレたち猫のために働いてもらわねばならないから、間違っても商家の手代《てだい》や、町奉行所の同心や、吉原の花魁《おいらん》が名指しされることはない。

武家なら役目にあぶれた貧乏侍、商家なら隠居、女なら妾《めかけ》がもってこいだ。

弐《に》、察しと勘が良いこと。いくら傀儡師が手足につけた糸をもち上げても、気づかぬようでは使えない。

参《さん》、若い猫並みの好奇心《すきごころ》をもち合わせていること。相手の「気を引く」ことが、傀儡師の勘所となる。何にでも興を惹かれ、目新しさ珍しさに臆することがない。そういう浮気心《いい》こそが、傀儡師にとっては糸《い》となる。

肆《し》、何よりも猫が好きなこと。嫌いでは話にならない。

この厳しい四箇条を満たし、猫町での暮らしぶりや顔の広さ、さらにオレという傀儡師とのとり合わせと、諸々が勘案される。猫町の長老と神主が何人かそろえ、ひとりをえらぶのはやはり頭領である。

あの晩、オレの名が呼ばれ、同じく傀儡となる者も頭領から明かされた。

「傀儡は、猫町二丁目、おっとり長屋の阿次郎《あじろう》とする」

おっとり長屋は、西《とり》の日にちなんだ御酉長屋が、いつのまにかおっとりに転じたと伝えられる。野良のオレも、毎日一度は顔を出し、アジの尻尾をもらったり、昼寝をさせてもらったり、長屋の者たちからは可愛がられている。

それでも阿次郎の名は、正直、オレには慮外《りょがい》だった。阿次郎は生粋《きっすい》の猫町っ子ではなく、おっとり長屋に越してから一年ほどしか経《た》っていない。傀儡なら伊勢屋の隠居か、名護神社の一の鳥居傍《そば》に住む色っぽい妾がいいなどと、勝手に考えていた。

歳は二十四。ちなみにオレの歳も、人に直せば同じくらいだ。

たしかに四箇条は満たしており、傀儡を見極める頭領の眼力は、仏眼《ぶつげん》並みと敬《うやま》われている。もとより頭領の達しに逆らうつもりは毛頭ないが、こいつで大丈夫だろうか——との不安はある。

「おっ、ミスジ。最近よく来るな。いっそうちの猫になるか？」

とはいえ阿次郎は、気のいい奴だ。オレが縁から上がり込んでも、機嫌よく迎えてくれる。女子供のように無闇に抱き上げたり、わしゃわしゃ撫《な》でまわすこともせず、ほどほどに放っておいてくれる。

「しかしおめえの三筋《みすじ》は、見事なもんだな。白い毛に縦に三本、くっきりと浮いてやがる」

たまに正面から、まじまじとオレを見詰めるのだけは、ちょっと鬱陶《うっとう》しい。

オレの毛は白と黒のふた色で、額に黒い筋が縦に三本入っている。オレの名の由来でもあり、顔が締まって見えるから結構気に入っている。猫は飼いも野良も、名はたいてい音に限られるが、たまに順松みたいに人から字をもらうこともある。

「毛は白と黒なのに、目は薄い萌黄《もえぎ》ってのも不思議なもんだ。その長い尻尾は、どうして自在に動くんだろうな？　そういや知ってるか？　江戸の猫の尾は、総じて長いんだとよ。西へ行くほど短くなるそうだぜ。面白いと思わねえか？」

おれを相手に、そんなどうでもいい話を、だらだらと語る。こいつこそ、かなり毛色の変わった奴だ。

阿次郎は、狂言作者というふれこみだが、書いているところなぞ見たためしがないから、きっとどこの芝居小屋にも相手にされていないのだろう。売れない狂言作者など、ちんぴらや遊び人より役に立たない。なのに阿次郎は、ちっとも気にしていなさそうだ。日がな一日、長屋でごろごろしながら、本ばかり読んでいる。

それでどうやって暮らしていけるかというと、さる大きな商家の次男坊だからだ。家からはとうに勘当されていたが、母親が内緒で面倒をみているようで、手代らしき男が、月に二度ほど金を置いていく。

海にぷかぷかただようクラゲのような、風に翼を預けるトンビのような、地に足のついていない浮ついたところが、傀儡師としては何とも心許ない。

当人の阿次郎も、まさか猫の傀儡にされたとは、夢にも思うまい。

それでもこいつを操り、オレたち猫のために働かせるのが、傀儡師たるオレの役目だ。

オレの初仕事は、今日、三丁目のキジから訴えられた悶着《もんちゃく》だった。

「頼むから、花盗人《はなぬすびと》の疑いを晴らしてくれ！　あの隠居ときたら、頭っからオレの仕業《しわざ》だと信じ込んでやがる」

キジは、三歳のキジトラ猫で、小さな履物屋に飼われている。

花盗人とは何やら洒落《しゃれ》てきこえたが、キジの身の危うさばかりは本当だった。

「猫を引きわたせ、三味線《しゃみせん》の皮にしてくれるとの一点張りでよ。何とか勘弁しても らえねえかと飼い主が掛け合ってくれたんだが、さもなければ百両の弁済金を払え というんだ」

「百両とはまた、ずいぶんとふっかけられたもんだな」

「決して大げさな額じゃあねえらしい。百両で売ってほしいという者もいたそうだ。どこぞの殿さまにさしあげる花だとかで、隠居はつっぱねたそうだがな」

「殿さまってのは、お大名かい？」

「主と隠居の話を盗みぎいちゃいたが、そこまではわからねえ。オレは傀儡師と違って、人の言葉がすっかりわかるわけじゃねえからな」

よく勘違いされるが、オレたちだって決して、一言一句違わずに人のしゃべりを呑み込んでいるわけじゃない。言葉としてとれるのは、せいぜい三割。人にしたら、数え三つのガキくれえだ。だが猫には、人よりも鋭いところがたんとある。

耳はわずかな音の違いや息遣いを、鼻は唾《つば》や汗のにおいを、ヒゲや尻尾まですべて使いこなせば、足りない言葉は十分に補える。何よりも得意なのが、嘘のにおいを嗅《か》ぎわけることだ。人ってのは、どうも言葉をあてにし過ぎる。口にする半分が嘘だということに、案外気づいていない。

「キジの兄さん、ひとまず順を追って話してくれねえか？」

「災難に見舞われたのは、昨日の朝だ」

「朝ってのは？」

「このくれえだ」

キジは薄茶色に浮かぶ黒い目ん玉を、きゅっと細めた。オレたちの目玉は、ちょうど月の満ち欠けみたいに、暗いところでは丸く、明るいと細くなる。目玉の絞り具合からすると、日の出を半刻ほど過ぎたくらいか。

「いつものとおり、まずはおシマの顔を拝みにいくつもりで家を出た」

「えっと、おシマさんてのは？」

「隠居の家のとなりにいるんだが、これが何とも婀娜《あだ》なイイ女でよ。それでいて身持ちが堅い。この春から通い詰めて、ようやく……」

話が横道に逸《そ》れやすいのは、猫の常套《じょうとう》だ。飽きっぽくて、つい目先の面白さに走るから、順を追って説くなぞ、そもそも無理な話なんだ。傀儡師は、そういう修業も積んでいる。春の蝶みたく、あっちこっちにとびまわるキジの話の先っちょを、何べんも捕まえてはもとの場所に戻してやる。辛抱強く続けて、ようやく経緯《いきさつ》が摑《つか》めた。

昨日の朝、棒手振《ぼてふ》りが通い出し、女たちが朝飯の仕度をしているころ、キジは家を出た。キジの家は履物屋で、となりが大きな銅物問屋、さらにそのとなりが唐物《からもの》屋と三軒並んでいる。キジが恨みを買ったのは銅物屋の隠居で、岡惚れしているおシマは唐物屋の猫だった。

「隠居にどやされねえように、オレはいつもどおり銅物屋の板塀の外を、ぐるりとまわっておシマのいる唐物屋へ行こうとした。銅物屋の裏庭を通れば近道なんだが、隠居が花を育てていてな、見つかるたんびに怒鳴られるもんだから避けるようになった」

「で、塀の中から、派手な音がしたと」

「おうよ、銅物屋の潜《くぐ》り戸の辺りにさしかかったときだ。天から鬼瓦が次々と降ってきたみてえな、何とも恐ろしい音でよ。あれにはたまげて、しばしからだが固まっちまった」

これも猫だから、仕方がねえ。びっくりすると、動きが止まっちまうんだ。天から鬼瓦とは大げさだが、オレたちは耳がいい分、同じ音でも人や犬より大きくきこえるんだ。ちなみに鼻は、犬には遠く及ばないが、人よりは何倍もいい。

「しばらく木彫みてえになっちまったが、ぷうんと魚のにおいがしたもんで」

「魚?」

「うまそうな魚のにおいがよ、塀の内からただよってきたんだ。で、動けるようになると、つい板塀の下から中に潜り込んだ。裏庭は、何ともひでえ有様だったよ」

キジが目にしたものは、いくつもの割れた鉢だった。土はぶちまけられ、隠居が丹精《たんせい》した花は、地に這《は》いつくばり無残な姿をさらしていた。

「で、そのときには、誰もいなかったと」

「塀を潜るとき、逃げる足音はきいたんだが……姿は見ちゃいねえんだ」

しょんぼりと、肩を落とした。すぐさま家の中から隠居がとび出してきて、裏庭の惨状をまのあたりにした。そこにいたキジに、すべての罪がかぶせられたというわけだ。

「そういや、花ってのは何だい？　菊かい？　牡丹《ぼたん》かい？」

肝心のことを、きき忘れていた。何がそんなに面白えのかはわからねえが、植木道楽に血道をあげる輩《やから》は多い。もっとも人気の高いのは菊と牡丹だが、キジは首を横にふった。

「それがよ、朝顔なんだ」

「朝顔？　朝顔がどうして、百両もするんで？」

紫に紅、たまに白もある。いま時分の夏の盛りには、どこの庭でも見かける花だ。いくら何でも百両はなかろうと、首をひねった。

「朝顔の変わり種だそうでな、何とも妙ちきりんな花ばかりでよ。とても朝顔とは思えねえような代物《しろもの》よ。撫子《なでしこ》のお化けみてえに花びらが無闇に裂けていたり、まるで蛙《かえる》が口の中でくちゃくちゃと嚙んで、また吐き出したような、丸めた紙屑に似た花もある」

その辺の朝顔の方がよほどきれいだというのに、何だってわざわざ可愛くもねえ姿にするのか、とんとわからない。キジはしきりに、左右に首をかたむけた。

「とにかく、一刻も早く咎人《とがにん》をあげてくれ。さもねえとオレは、三弦《さんげん》を巻かれてぴんしゃんと歌うことになる」

乙《おつ》にもきこえたが、訴えは切実だ。必ずと請け合って、キジと別れた。

ここからが傀儡師の、腕の見せどころだ。

猫の難儀を、人を使って片づける。それが傀儡師の役目だ。


「にしても、あっついなあ。そろそろ夕刻だってのに、お天道さまはちっとも休む気配がしねえやな」

日除《ひよ》けの手拭《てぬぐい》の下から、阿次郎がぼやく。

「おめえに焚《た》きつけられて、つい出てきちまったが」

少し先を行くおれの背中に、恨めしげな声がかかる。

まず阿次郎を、銅物問屋まで引っ張り出さねばならない。キジから仔細をきいたその足で、オレは辺りをうろついて餌になりそうなものを探した。幸い格好の餌が、おシマのいる唐物問屋にあった。

「知ってるか、ミスジ。このエレキテルって代物はな、雷さまを起こす箱なんだとよ。びっくりして、汗が引いちまうかもしれねえぞ。おめえも試してみるか？」

阿次郎の手にあるのは、引き札と呼ばれる唐物屋のちらしだ。唐物屋は名のとおり、唐や南蛮から渡ってきた焼き物やギヤマン、象牙《ぞうげ》や鼈甲《べっこう》なんぞをあつかっているのだが、近ごろ客寄せにしているのが、エレキテルだった。ひと抱えはある大きな箱で、取っ手と銅線がついている。銅線をにぎって取っ手をまわすと、ビリビリっとくるという代物だ。わざわざ雷にあたるなんざ、それこそ百両積まれたってオレはご免だが、『からだから火を出して痛みをとる』ってえふれこみで、結構な評判になっていた。

そのエレキテルがでかでかと描かれた引き札を、おっとり長屋までもち帰った。

「へえ、こいつがエレキテルか！　いっぺん、拝みてえと思ってたんだ」

餌としての効き目は、てき面だった。いま時分は表通りに西日がまともに当たるから、阿次郎はくねくねと曲がる裏道を行き、銅物問屋の裏手にさしかかった。

裏道に面した潜り戸を通り過ぎ、塀の終《しま》いで小さく鳴いた。オレは阿次郎をふり返り、それから狭い路地に入った。

「へえ、こんなところから表通りに出られるのか」

目論見どおり、阿次郎は面白がってついてくる。銅物屋と唐物屋の隙間《すきま》にあいた、人ひとりがやっと通れるほどの狭い道だ。少しカビ臭いにおいに混じり、毎日通っているキジのにおいがしみついていた。

路地の中ほどで、オレは立ち止まった。顔を上げると、唐物問屋の二階が見える。

ひときわ大きな声で、ニャアゴと鳴いた。

「どうした、ミスジ？　仲間でも見つけたか？」

阿次郎が一緒に足を止め、次の瞬間、天から盛大に水が降ってきた。

「くぉの、性悪猫があっ！　今日こそ三味線の皮にしてくれる！」

キジはおシマに会いに、日に三度はここに通っている。この路地からひと声呼んで、二階から顔を出したおシマと言葉を交わすのが、キジの何よりの楽しみだった。けれど昨日の朝から、おシマを呼ぶたびに背中の板塀越しに水を浴びせられ、猛り狂った隠居が出てくるというわけだ。

「やや、や、なんと……これはすまなんだ」

路地を覗《のぞ》いて、隠居がびっくりする。阿次郎は苦笑いを返した。

「雷に当たるつもりが、雨に降られるとは……まあ、こっちの方が涼《りょう》をとるには向いてらあな」

濡れて顔に張りついた手拭の陰で、阿次郎がひとつくしゃみをした。

「いや、まったく申し訳ない。まさかあの路地に、人がいようとは思わなくてな」

ふだんは子供か犬猫しか通らないと、隠居が言い訳する。

銅物屋の座敷に招かれて、着物が乾くあいだ阿次郎は、麦湯と西瓜《すいか》をふるまわれた。

「この暑さですから、ちょうどいいお湿りでさ」

借りものの浴衣《ゆかた》に着替えた阿次郎は、さっぱりとした顔で歯を見せる。

「ところで、ご隠居さんの言いなすった性悪猫ってのは、こいつじゃあありやせんよね？」

「いや、違う。となりの履物屋のキジトラ猫でな」

縁側にいるオレを、じろりとにらむ。猫の顔なんぞ金輪際見たくないのだろうが、さすがに水をぶっかけた後ろめたさがあるのだろう。

「かわいそうに、こんなに濡れて……猫さんも、とんだ災難だったわね」

一緒に水をかぶって、ずいぶんと痩せちまったオレの毛皮は、隠居の孫娘がていねいに拭《ふ》いてくれた。おさやという十八の娘だ。

「わしが心を籠《こ》めて育てた朝顔の鉢を、そのキジトラがすっかり駄目にしおってな」

話の流れで、隠居が事の顚末《てんまつ》を語る。いまのところ、オレの書いた筋書通りに運んでいる。

「なるほど、そういうことですかい」

阿次郎があらためて、縁越しに広がる裏庭をながめた。何十もの鉢が並び、塀際に蔦《つた》のように絡まったものや、地べたから伸びた蔓《つる》もある。キジの話のとおり、撫子のお化けや、蛙に食べられた後のような奇妙な花ばかりだ。そのすべてが朝顔だと隠居は語った。

「変わり朝顔は、じっくりと拝んだことがありやせん。ちょいと、見せてもらってよござんすか？」

隠居の許しを得て、阿次郎が庭に降りる。続こうとしたが、すぐに止められた。

「ミスジ、おめえは庭に入っちゃならねえよ。これ以上鉢を倒されたら、ご隠居さんがたまらねえだろ？」

「かまわんよ……どうせ、今年の出来物はすべてやられてしまったからな。そこにあるのは、大輪を咲かせるために入り用な、いわば肥《こ》やしのようなものだ」

阿次郎の気遣いに、隠居は力なく首をふった。ひとまずお許しが出て、急いで孫娘の膝から降りた。撫でられているうちに、かえって湿っぽい気分になっちまったからだ。

撫で方ひとつで、相手の心は読みとれる。何気ないふうを装《よそお》っているが、おさやの気持ちは悲しみに塞《ふさ》がれていた。祖父と同様、朝顔を悼《いた》んでいる――。どうもそれとは、別物に思えた。

　裏庭の真ん中に、盆栽なんぞを置くような二段になった棚がある。棚の上は、からっぽだった。隠居が、憂鬱そうな顔のまま縁側に出てきた。

「その棚には、ことに丹精した五鉢が置いてあったのだ。それをあのバカ猫が、ひと鉢残らずひっくり返しおって」

「ひと鉢残らず、ですかい……」

　阿次郎が、何か気づいた顔になる。己の腰の高さまである棚を、しばし見下ろした。

「その五鉢は、棚の上の段にあったんですね？」

「さよう」

「どうしてわざわざ、そんな危なっかしいところに？　大事なものなら、その辺の鉢のように塀際に寄せるなぞした方が……」

「朝顔には、日の光が何よりも大切でな。塀にさえぎられず日をたっぷりと浴びさせるために、昼前は棚に載せておった」

「なるほど、そういうことですかい」

「かえすがえすも、口惜しくてならぬわ。中でも黄掬水葉白風鈴獅子咲牡丹《きぎくすいはしろふうりんししざきぼたん》のひと鉢は、十年にひとつという会心の出来だったのだが……」

朝顔なのに、どうして牡丹とつくのかはよくわからない。まるでお経のような、おそろしく長い名のついたその朝顔が、どうやら百両の値打物だったようだ。隠居の話に、阿次郎が目を丸くする。

「この手のものは、数寄者のあいだではいくらでも高値がつく。きいてはおりやしたが、よもや百両とは……」

「売るつもりなぞ、どのみちなかったからな、値は二の次だ。ただ、殿さまにたいそうなご迷惑をかけてしもうてな、それればかりが悔やまれるわ」

「殿さま、というと？」

「古くからうちの銅物を贔屓《ひいき》にしてくださる、お旗本でな。あの獅子咲はかねてより、殿さまにお譲りする話がついていた」

殿さまといってもお大名じゃなく、高禄の旗本のようだ。隠居は身分や役目も口にしたが、どうもオレはまだその辺の知恵にうとい。しかと摑めぬままに、話は先に進んじまった。

「そのお殿さまも、朝顔の好事家《こうずか》ですかい？」

「いや、ご当人ではなく、さらに身分の高いさるお方が、たいそうお好きなようでな」

「ああ、なるほど」

阿次郎がにやりとする。要は、賂《まいない》ということだ。出世のためには賂は欠かせない。人によっては、金よりもよほど効く賂もある。隠居の変わり朝顔は、そのために献上されることになっていた。

「まさに今日、殿さまに獅子咲をお届けするはずであったというに……」

隠居は悔しそうに、乾いた唇を噛んだ。

「今朝、お屋敷に出向いて詫びを入れたのだが、たいそうなご立腹でな……まとまりかけていた孫娘の縁談も、白紙に戻されてしもうた」

「縁談？」

「殿さまの縁続きにあたるお武家さまと、孫娘の縁談が進んでおったのだ。まだお若いのに、ご公儀《こうぎ》よりの覚えもめでたい。おさやの相手としては、これ以上ない良縁であったというのに……」

縁側で、祖父の傍《かたわ》らに控えていた孫のおさやが、辛《つら》そうにうつむいた。娘が気落ちしていたのは、そういうことかと得心がいった。

「おまえはもういいから、行きなさい。そろそろ茶の稽古に出る頃合だろう」

孫の立場を思いやり、隠居が気をきかせた。はい、とおさやは、座敷を出ていった。

交わされるやりとりには耳だけ傾けて、オレはもうひとつの仕事にとりかかっていた。裏庭をあちこち歩きまわり、ようやく目当てのものを見つけた。

「おいおい、ミスジ。めったなところに入るんじゃねえぞ」

オレが潜り込んだのは、庭の隅に置かれていた大きな袋型の俵だ。中には湿った土と魚のにおいが満ちて、萎《しぼ》んでくったりとした白や紫が見える。

こいつに違いねえ——。

オレは俵の中で、盛大に暴れた。縦に長い袋が、どさりと倒れた。

「ああ、ああ、やっちまいやがった。ったく、何してやがる、ミスジ」

オレを叱りつけ、だが、さすがに頭領が名指しした傀儡だけはある。阿次郎の目は、袋からぶちまけられた土くれに据えられた。

「ご隠居、こいつはひょっとして……」

「ああ、駄目にしてしまった五鉢だ」

重くてならないため息のように、隠居が絞り出した。

「妙に魚くせえのは、肥やしですかい？」

「さよう、干鰯《ほしか》を加えてあってな」

干鰯は、金肥《きんぴ》として重宝される。袋に満ちていた魚のにおいはこれだろう。

赤っぽい土の上で、白いものがひときわ目立つ。オレはそのひとつを口にくわえ、阿次郎に見せた。茎からちぎれた、白い花だった。いましがた俵の中で、花の根元に顔を寄せたとき、はっきりとわかった。キジがやったもんじゃねえという、これがその証しだ。

気づいてくれ、と念じながら、花をくわえたまま、ぐるる、と喉の奥で鳴いた。

祈りは通じたようだ。阿次郎が、あれ、と声をあげた。

「ミスジ、ちょいとそれ、貸してもらえねえか？」

オレが口から離した花を、阿次郎はためつすがめつ検分し、はっと目を見開いた。

「ご隠居、ここを少しお借りできやせんか。ちっと確かめてえことがあるんでさ」

戸惑いながらも、隠居がうなずく。阿次郎は、俵を逆さにして、中身をすべて地面にまいた。それから慎重に、土と鉢のかけらをのけて、朝顔の蔓と花だけをとり出す。それを隠居のいる、縁先の地べたに並べてみせた。

「……これは、どういうことだ？」

悪い夢から覚めないみたいに、隠居が目をぱちぱちさせる。くったりと勢いを失《な》くした茎《くき》と葉に、萎《しお》れた花がついている。だが、五本のうち一本だけは、ようすが違う。

風鈴を思わせる、ふっくらとした花びらをもつ白い花だけは、花のすべてが根元からちぎれていた。

「百両の値打物は、こいつじゃあねえんですかい？」

「そのとおりだ」

「ご隠居さんは、ご存じなかったんですね？」

「まったく……五鉢まとめて散らばっていた故、てっきり、ただ倒されたものと……」

「茎のちぎれ具合が、どれも同じです。噛み跡もねえし、猫が食いちぎったにしちゃ、きれい過ぎる」

「いったい、どういうことだ？」

同じ文句を、隠居がくり返す。

「朝顔を駄目にしたのは、猫じゃねえ。人の仕業ということでさ」

隠居のひと声で、すぐさま家中の者が裏庭に集められた。

「わしの命より大事な獅子咲を、いったい誰が手折《たお》ったのだ！　潔《いさぎよ》く、白状せい！」

稽古事に出掛けた孫娘を除いて、旦那に内儀、番頭、手代、小僧から下働きの女中までが顔をそろえたが、怒り狂った隠居に脅しをかけられては、むろん誰も名乗り出る者などいない。

「ご隠居さん、どうぞ落ち着いてくだせえ。この家の者なら、ご隠居の朝顔大事は、誰もが知ってなさる。滅多な真似はしないでしょう」

「それなら下手人は、いったい誰だ！」

「そいつはわかりやせんが……たとえば朝顔仲間の中に、ご隠居を目の仇《かたき》にしている輩なぞはおりませんかい？」

「まあ、おるにはおるが……」

浮かんだどの顔も、どうもぴんとこない。隠居は、そんな顔をした。

「ともかく、この家にいないなら、外から入り込んだ奴でしょう。乗りかかった船だ。よければあっしが、少し調べてみましょう」

阿次郎が愛想よく告げて、どうにかその場を納めた。

ならんで銅物屋を出たときには、日が暮れていた。となりの唐物屋は、すでに大戸を下ろしている。エレキテルを拝めなかったのは残念そうだが、咎人探しを引き受けたなら、また明日もここに出張《でば》ることになる。

「やれやれ、腹がへっちまったな。帰る前に、その辺の飯屋にでも寄っていくか。ミスジ、おめえもつき合うか？」

誘いは断って、オレは阿次郎とは逆の方角に向かった。

となりの唐物屋の塀にとび乗り、屋根に移る。隠居に届かぬよう小さな声で呼ぶと、あいた窓から、白猫が顔を出した。

「あのキジ猫ときたら、しつこくってねえ。何べんも袖にしたのに、諦めやしない」

キジよりも、ひとつふたつ上だろう。年増だが、背中のしなやかな線は、なるほど婀娜っぽい。唐物屋の屋根の上で、オレはおシマから話をきいた。

「銅物問屋の騒ぎは、知っているだろ？」

「まあね、あたしの飼い主からきいたよ。いかにもあのキジ猫がやらかしそうな、間抜けな始末さね」

「じゃあ、おシマさんも、咎人は見ちゃいねえんだな？」

「あたしが窓から顔を出したときには、隠居とキジ猫しかいなかったよ」

そうか、と呟いて、別のことをたずねた。

「この辺には、朝、魚屋は来るかい？」

「ああ、一日おきに見かける、若い棒手振りがいるよ。名はたしか、源八《げんぱち》っていったかね。なかなかにいなせで、悪くない男だよ」

あからさまに値踏みして、おシマはにんまりする。

「若い棒手振りの魚屋か……」

おれがこんな問いを投げたのにはわけがある。

鉢が割れたとき、キジが嗅いだ魚のにおいは干鰯じゃねえ。

「うまそうな魚のにおい」と、キジは言った。飼い猫のキジは、食い物も相応に奢《おご》っている。干した鰯《いわし》だけじゃなく、腐った葉や糞なぞが混じった赤土のにおいは、決してうまそうとは言えないものだった。俵に顔を突っ込んで、オレは気づいた。

キジが嗅いだのはこれじゃない、生きのいい魚のにおいだ。

「そういや、魚屋といえば、面白い話があるんだ」

おシマが耳打ちしたのは、思いもかけない話だった。

「そいつは、確かなのか！」

思わず柄にもなく、大きな声が出ちまった。

「ああ、間違いないよ。うちの二階から、銅物屋の潜り戸の辺りが丸見えだからね」

「そうか……そういうことだったのか……」

ひどくからまった毛玉みたいに、どうしても解けなかった。その一切が、ようやく呑み込めた。よくよく礼を言って屋根から降りようとすると、おシマの声がかかった。

「あのキジ猫は、どうしてんだい？」

「ひとまず騒ぎが納まるまでは、名護神社の神主にかくまってもらっている」

キジの疑いは晴れたから、家に帰してもいいんだが、まあ明日でもよかろう。

「おシマさんが寂しがっていたと、伝えておくよ」

「誰があんな唐変木《とうへんぼく》を。よけいなお世話だよ」

つん、とそっぽを向かれたが、白い尾は嬉しそうに闇の中でふりふりと揺れていた。

翌朝、日の出とともに、オレと阿次郎は、ふたたび銅物問屋の裏手に立った。

塀の外に陣取って、潜り戸があくたびに話をきく。

朝いちばんで納豆屋が、次いで豆腐屋が、潜り戸をたたいた。日の出から半刻が過ぎて、三番目にそいつが来たときに、オレはぴんと尻尾を立てた。

「おはようさんです、魚屋でござい。今日《こんち》は良いイナダが入りやしたぜ」

おシマが評したとおり、粋な風情の若い男だった。

台所女中が顔を出し、お勧めのイナダを買い求めた。商《あきな》いが済んで、塀の内から出てきた物売りに、阿次郎は声をかけた。

「すいやせん、ちょいとよろしいですかい？」

「へい、何でございやしょう？」

「実は、一昨日のことなんですが……」

今日、三度目となる同じ台詞を言いかけて、はたと阿次郎が魚屋と目を合わせた。どこかで見たはずだが、どうしても思い出せない。そんな間抜け面《づら》を見合わせる。何とも奇妙な間があいて、次いで両方から、あっ、と声があがった。

「おめえ、魚十《うおじゅう》の源八じゃねえか？」

「やっぱり、ジロちゃんか！　懐かしいなあ」

「何年ぶりだい？」

「あんたが、鶴来屋《つるきや》を出て以来だから……」

「それなら、丸十年か」

こいつは、とんだ番狂わせだ。阿次郎と源八は、子供のころからの幼なじみだった。歳は源八がふたつばかり下になるが、家が近所で仲のよい遊び仲間だったようだ。

「家を勘当されたときいて、案じていたんだ。いまは、どうしてるんだい？」

「未《いま》だにぶらぶらしているよ。おまえこそ、何だって棒手振りなんざ」

「親父《おやじ》の言いつけでな。もう一年くれえになる」

懐かしそうに昔語りをしていたが、生きの良さが身上の魚屋だ。油売りのように、いつまでも腰を据えてはいられないのだろう。源八はすぐに、天秤棒《てんびんぼう》を肩に担ぎ直した。

「そういや、何かおいらに、たずねてえことでもあったのか？」

「ああ、実はな、一昨日の朝、ここの隠居が丹精している変わり朝顔が、誰かに手折られたんだ」

え、と正直そうな丸い目が、いっぱいに見開かれた。

「おめえも、隠居の道楽は知っていたのかい？」

「あ、ああ……春の盛りのころに、干鰯のことでご隠居から相談を受けてな」

問屋で売っている干鰯では、隠居は飽き足らなかったようだ。自ら工夫してみたいと乞われ、鰯やら鰊《にしん》やら良さそうな魚を見繕《みつくろ》い、干し方なぞも助言したという。

「それからもたびたび、裏庭に招かれて、朝顔の鉢を拝ませてもらった。おかげで見事なひと鉢ができたと、ついこの前、ご隠居から礼も言われてな」

「手折られたのは、その鉢でな。花も蕾《つぼみ》もすべてむしられて、そいつを隠すためだろう、別の鉢とまとめて、地面にぶちまけられていた。ちょうど一昨日のいま時分でな、手折った咎人を見ちゃいないかと、出入りの物売りにたずねていたんだ」

「それで、お嬢さんは？」

「お嬢さん？」

何の前ふりもなく、一瞬、阿次郎がきょとんとする。

「いや、たしか、その朝顔に縁談がからんでいると……一昨日、きいたもんだから」

「ああ、孫のおさやさんのことか。朝顔が駄目になって、得意先の武家から不興を買ってな。孫の縁談も壊れちまったそうだ」

話の途中から、源八の汗のにおいが明らかに変わった。顔色がみるみる青ざめて、こくりと喉仏が上下した。猫じゃなくとも、すぐに気づく。

いったん担ぎ上げた天秤をおろし、源八が黙って額の汗をぬぐった。

おや、と阿次郎が、訝しげな顔になる。

遅まきながら、こいつも感づいたようだ。オレは昨日すでに、おシマからきいていた。

『あの魚屋は、おとなりの孫娘に岡惚れしていてね』

『大店《おおだな》のお嬢さんに、棒手振りの魚屋が？』

『あいつはしばしば裏庭に出入りして、隠居と朝顔談義をしていたんだ。隠居のいない折には、孫のおさやが相手をしていたからね、案外親しく口をきいていたんだよ』

色恋の話となると、女は目の色が変わる。こいつばかりは、猫も人もおんなじだ。語りながらおシマの尻尾は、楽しそうに左右に揺れていた。

「源八、おめえ、ひょっとして……」

阿次郎が、うつむいた相手の顔を覗き込んだ。

真夏とはいえ、まだ日の勢いは盛りじゃねえ。なのにまるでお天道さまが真上から照りつけてでもいるように、魚屋の額からひっきりなしに汗が流れる。

ぐいとふたたび額の汗をぬぐい、源八は顔を上げた。

「おれだ……隠居の朝顔を手折ったのは、おれなんだ！」

「……源八？」

「花を手折ったのも、鉢を壊したのも、このおれだ！」

閑《しず》けさを埋めるように、気の早い蟬《せみ》の声が、木の上からみーんと降ってきた。


正直、参った――。オレが立てた筋書きとは、大きくはずれちまった。

キジの疑いを晴らしたところで、傀儡師としての役目は終わりだ。だが、初仕事が半端なままじゃ、どうにも寝覚めが悪い。前の順松なら、決してこんな不手際を、放りっぱなしにはしねえはずだ。

両手で頭を抱え、ごろごろと土手をころげまわりたいほどに、オレは困っていた。

阿次郎はあれから、近くの堀端に行き、柳の木陰に寝転がった。仰向《あおむ》けでずっと目を閉じているが、眠ってはいない。思いもかけず幼なじみにめぐり合い、しかもそいつが咎人だと白状したんだ。気落ちするのも無理はない。

隠居に知らせるわけでもなく、長屋に帰ることもしない。

こいつがたちまち元気づくような真実《こと》を、オレは知っている。なのに、そいつを伝える手立てがない。もどかしいやら焦《じ》れったいやらで、つい阿次郎の頰に、軽い拳をくれてやった。爪は立てちゃいないから、痛くはねえはずだが、阿次郎は目をあけた。

「源八は、どうして嘘をついたんだろうな？」

オレを見ずに、呟《つぶや》いた。オレの片耳がぴくりとした。

——こいつ、知っていたのか。だが、どうやってあの男の嘘を見抜けたんだ？

「額をやたらと拭うのは、嘘をつくときのあいつの癖なんだ……昔から、そうだった」

なるほど——。

阿次郎は目玉だけを動かして、おれの顔をじっと見た。

「なあ、ミスジ。おめえはどう思う？」

「ニャーン、ニャオニャオ、ニャーゴニャ」

懸命にこたえたが、通じるはずもない。猫は少しは人語を解するってのに、何だって人は猫の言葉を覚えてくれねえんだ。何やら虚《むな》しくなって、オレはがっくりと首を落とした。

ふいに、ひょいとからだがもち上げられた。両手に抱えられ、正面に、めったにお目にかからない阿次郎の真顔があった。

「ミスジ、真の咎人は、誰だと思う？」

「ニャーオオ！」

はっきりと、その名を告げた。本当は、隠居の裏庭にいたときからわかっていた。萎れた白い花を口にくわえたときだ。手折った者のにおいが、花の根元に残っていた。

「そうか、おめえもそう思うか」

阿次郎が大きくうなずいて、ちょっと面食らった。オレの言葉が、通じたんだろうか？

にわかには信じ難いが、オレを下ろすと、懐から矢立と小さな帳面をとり出した。阿次郎が、いつも肌身離さずもち歩いているものだ。面白いもの、気になるものを見つけた折に開く覚書だった。

矢立はちょうど、雁首《がんくび》が馬鹿でかい煙管《キセル》に似ている。その雁首が墨壺になっていて、管のところに筆が納まっている。阿次郎は筆を墨に浸し、帳面にさらさらと文字を書いた。残念ながらオレも、文字はほとんど読めない。

書き終えた一枚を帳面から破り、阿次郎は通りがかった子供に託した。

「すまねえが、そこの銅物問屋まで、使いを頼まれちゃくれねえか？　店の者じゃなく、必ず当人に渡してほしいんだ」

多めの小遣い銭を握らせて、子供を送り出す。四半刻も経たずに、待ち人は現れた。

よほど急いで来たのだろう。息がはずんで、うっすらと汗をかいている。

「あなたは、昨日の……」

阿次郎が文で呼び出したのは、孫娘のおさやだった。

「すいやせん、源八の名を騙《かた》って、お嬢さんを呼び出しやした」

阿次郎はまず、おさやに向かってぺこりと頭を下げた。

「どうして、そんなことを……」

「お嬢さんに、真実《まこと》を語ってもらうためでさ」

「いったい、何のことです？」

視線を避けるように、目を逸らす。わずかにためらいながらも、阿次郎は口にした。

「獅子咲を手折ったのは、お嬢さんですね？」

オレが告げた名を、阿次郎は確かに読みとった。あんまり不思議で、もしも指があったら、頰っぺたをつねりたいくらいだ。

さっとおさやの顔色が変わったのは、柳の木陰にいても見てとれた。

「……何を、馬鹿なことを。変な言いがかりをつけるのは、やめてください。あたしには、おじいさまの大事な朝顔を、手折る道理がありません」

「わけは、ご隠居が進めていた縁談でさ。獅子咲を献上《けんじょう》しなければ、縁談も立ち消えになる。そう考えて、お嬢さんは獅子咲の花や蕾をむしりとり、その咎をぼかすために棚にあった他の花とともに鉢を壊した」

獅子咲の花の根元には、はっきりとそのにおいが残っていた。手拭でオレをふいてくれたおさやの手と、まったく同じにおいだった。

「お嬢さんと源八は、惚れ合っていた。お嬢さんが良縁を厭《いと》うたのも、そのためですね？」

「あたしは……」

「源八の名ひとつで、容易にここに誘い出された。それが何よりの証しです」

膝がくだけたみたいに、くたりとおさやがしゃがみ込んだ。白い両手が顔を覆い、その隙間から嗚咽《おえつ》がもれた。

「惚れ合っていたわけじゃ、ありません……あたしが、勝手に、思いを募らせていただけで……たとえ口にしても、おじいさまが、許して、くださらない……だから、言えなくて」

嗚咽の合間に、とぎれとぎれにおさやが語る。大店の娘と一介の棒手振りじゃ、つり合いがとれない。祖父や両親が、認めてくれるはずもない。わかってはいても、若い娘の恋心は病と同じだ。治めるための良薬なぞなかった。

獅子咲の献上が明日に迫り、おさやは追い詰められた。その日を境に、縁談がとんとん拍子に進むのは明らかだ。

「一昨日の朝、源八さんが来た折に、女中の代わりにあたしが潜り戸をあけました。魚をさばいているあいだ、どうにも堪えきれなくて、つい縁談の話を……」

「源八は、何と？」

「とても悲しそうな目で、『おめでとうございます』と」

阿次郎はオレに向かって、しかめ面をして見せた。困った奴だと、顔には書いてある。

「源八さんが帰ってから、どうしようもなく悲しくて、苦しくてたまらなくなって……気づいたら手が勝手に、獅子咲の花を手折っていました」

おさやが我に返ったときには、獅子咲は無残な姿をさらしていた。咄嗟《とっさ》に棚にあった鉢を次々と倒し、家の中に駆け込んだのだ。

キジが塀の外を通りかかったのは、そのときだ。うまそうな魚のにおいは、おさやが源八から受けとった魚のにおいだろう。

咎人は、塀の外じゃなく中にいる。そいつも、あらかじめわかっていた。

誰かが逃げ去る足音を、キジはきいた。けれど塀の外、潜り戸の辺りにいたにもかかわらず、キジは姿を見ていない。つまりは銅物問屋の内にいる、誰かということになる。

語りながらも、おさやの涙は収まらない。女を泣かすのは、男でもオスでも、どうにも具合が悪いものだ。オレはおさやの膝に乗り、頬にこぼれた涙を、ぺろりと舐めた。甘いようなしょっぱいような、ひどく不思議な味がした。

「猫さん……」

おさやのうるうるの瞳が迫り、細い両手がぎゅっとオレを抱きしめた。冬ならまだしも、暑いわ苦しいわで、オレはたちまち閉口した。じたばたしたいのを辛うじて堪え、首だけ真後ろに回して、どうにかしろと目で訴える。

傀儡の察しの良さは、こういうときには有難い。阿次郎は、おさやの前にかがみ込んだ。

「源八は、お嬢さん以上に、惚れてまさ」

「え？」

「そうでなけりゃ、お嬢さんの罪を、てめえでひっかぶったりしねえ」

さっきの顚末を、手短に述べた。

「源八さんが、あたしのために、そんな馬鹿な真似を……」

おさやが呆然と口をあけた。力がゆるんだ隙に、オレは急いで腕の中から抜け出した。それすら、おさやは気づいていなさそうだ。

「今日のうちに、親父と一緒に詫びにいくと、源八はそのつもりでいます」

「そんなこと、決してさせられません！　あたし、これからすぐに、おじいさまに本当のことを明かします！」

おさやが慌てて立ち上がる。

「いいんですかい？　ご隠居のあのようすじゃ、さぞかしでかい雷が落とされやすよ」

「あたしが、いけなかったんです……己を偽って、ひとりで袋小路に追い詰められて。あげくにおじいさまの宝物を、無残に散らせてしまいました。あんな酷《ひど》い真似をしたのですから、報いは受けねばなりません」

涙の跡はあっても、迷いを払った顔は、清々《すがすが》しく映った。

「その度胸に免じて、お嬢さんにひとつ、いいことを教えてあげやしょう」

「いいこと？」

「源八は、その日暮らしの棒手振りなんぞじゃありやせん。魚十ってえ、日本橋の魚河岸でも三指にはいる、でかい魚問屋の跡取り息子でさ」

え、とおさやが、小さく叫んだ。涙でかたまったまつ毛が、いく度もしばたたかれる。

「親父さんが、厳しいお人でね。魚売りの身にならねえと、問屋は回していけねえと、修業代わりに棒手振りをさせられているそうです」

幼なじみの己が言うからには間違いはないと、阿次郎は請け合った。

「相手が魚十なら、おれにはお武家なんぞより、よほど良縁に思えやすよ」

「……はい。ありがとうございます！」

おさやがふたたび涙ぐみ、オレと阿次郎に頭を下げた。

日盛りの中を、小走りに駆けてゆく。その後ろ姿を見送って、阿次郎が呟《つぶや》いた。

「きっと、大丈夫だろ。ご隠居にとっちゃ、朝顔より大事な宝だからな」

傀儡師としての初仕事が、ようやく終わった。これで頭領にも順松にも、顔向けできる。

ほっとしたとたん、急に腹がすいてきた。思えば今朝から何も食っていない。

「腹へったな、ミスジ。そこいらで、腹ごしらえしていこう。おまえにも相伴させてやるからよ」

昨日は誘いを袖にしたが、今日は心おきなくつき合える。

いまさらだが、頭領の眼力はたいしたもんだ。傀儡としちゃ、こいつは申し分ない。せいぜいこれからも、オレたち猫のために働いてもらうとしよう。

阿次郎の背を追って、柳の下から出ようとすると、背中からニャアと鳴く声がした。ふり向くと、堀の向こう岸に、同じような柳の木があった。

木陰にキジの姿があり、となりでは白い猫の尾が、ふりふりと揺れていた。

ほおずき

佐々木裕一

佐々木裕一●ささきゆういち
一九六七年広島県生まれ。二〇〇三年に『ネオ・ワールドウォー』で作家デビュー。架空戦記に続き、時代小説を手がける。著書に「浪人若さま新見左近」シリーズ、「公家武者 松平信平」シリーズ、「もののけ侍伝々」シリーズ、「春風同心家族日記」シリーズ、「旗本ぶらぶら男 夜霧兵馬」シリーズ、「あきんど百譚」シリーズなどがある。

一

――淋しくても、悲しくても、腹は減るのだな
夢ノ助《ゆめのすけ》は腹の虫が鳴くので寝返りをうち、西日の眩《まばゆ》さに顔をしかめて、反対に向きなおった。背後で猫が鳴いたので再び寝返りをうつと、白に茶のぶち猫が縁側に上がり、ごろりと寝転んだ。こちらに背を向けて、長い尻尾《しっぽ》をゆらゆら揺らしている。

その愛らしい姿に、夢ノ助の頬は自然にゆるんだ。

「お前も暇そうだな」

声をかけても、猫は知らん顔である。

名も知らぬ猫に目を細めている若者の本当の名は慎太郎《しんたろう》というのだが、こうして一日中寝てばかりいるので、長屋の連中からは夢ノ助と呼ばれている。本人もこの

名を気に入り、今では夢ノ助と名乗っていた。

牛込岩戸町《うしごめいわとちょう》一丁目にある夢ノ助の住まいは、貸本屋、伏見屋喜右衛門《ふしみやきえもん》の持家で、御先手《おさきて》鉄砲組の稽古場に近いことから、てっぽう長屋と名付けられている。

夢ノ助がこの古ぼけた長屋に住みついたのは二月《ふたつき》前のことで、賭場で知り合った博打打ちの甚助《じんすけ》の口利きだった。ここに住みついてからというもの、夢ノ助は博打をやめて、寝ているか古本を読むだけ。

そんな夢ノ助に興味を持った長屋の連中の中には、

「ありゃぁ、どこかの御落胤《ごらくいん》かもな」

きっとそうだと勘繰《かんぐ》る者がいて、朝に夕にと、油障子の丸い穴から覗《のぞ》く。

しかし、今日まで誰一人訪ねる者はなく、総髪はぼさぼさ、顔も髭面《ひげづら》、着物も毎日同じ、ろくにめしを食わぬ、といった様子に、

「やっぱり、ただの食い詰め浪人だな」

ということになり、今では、穴を覗く者もいない。

当の夢ノ助は、長屋の連中がそういう見立てをしていることなど知る由《よし》もなく、ほとんど家に籠《こも》り、万年床で過ごしている。

口を開ければ溜息《ためいき》を吐《つ》くか、

「腹減ったなぁ」

これである。

朝から水しか腹に入れていない夢ノ助は、大の字になると、指先に当たった古本を取り、気を紛らわすために読もうとした。だが、手に取ったのが「天遊記《てんゆうき》」だと気付き、面倒そうに半身を起こすと、積まれた本の上に投げ置いた。

天遊記は、三年前に上方《かみがた》で立ち寄った古本屋で手に入れたもので、著者は、平安時代に生きた大心《だいしん》という僧侶。著者が修行のために諸国を旅した時の記憶を元に物語にしたもので、時代こそ数百年も違うが、剣の修行に出たばかりの夢ノ助にとって、修行の旅をする者の気持ちが共感できて、店主に頼み込んで譲ってもらったものだ。古本ゆえに値が張ったが、旅の供として、ずっと愛読していたものだった。

だが、今の夢ノ助は、この本を見ると辛《つら》くなる。厳しい剣術修行の旅を思い出すからではなく、失った家族を思い出すからだ。

夢ノ助の部屋には刀があるが、武士ではない。

蔵前《くらまえ》に立派な店を構えた札差《ふださし》の長男だったが、十七歳の時、酔って町娘にからんでいた三人の無頼者を一人で倒した剣客を見て以来、おれも、あのように強くなりたい——と、心に強く思うようになり、父に頼んで一刀流《いっとうりゅう》の町道場に通うようになった。

稽古は楽しく、夢中になっていた夢ノ助は、五年後の春には兄弟子と対等に戦えるほど上達したのだが、次第に町道場の稽古だけでは満足できなくなり、修行の旅に出ることを決意した。

札差の跡取り息子が決意したところで、当然反対される。しかし夢ノ助は、師匠から筋が良い、と言われたことで天狗《てんぐ》になり、もっと強くなり、剣の道で生きたいと思うようになっていた。

修行の旅をしたことがある師匠の話を聞き、江戸だけで一生を終えるのは嫌だと思っていた夢ノ助は、旅に出ることを諦めることができず、店は弟の次郎《じろう》に、という書置きを残して、家の金を盗んで飛び出したのだ。

まずは上方に向かい、中国、四国、九州へと巡り、西国で修行をした夢ノ助は、それなりの技を身に着け、江戸への帰りに立ち寄った安芸《あき》広島城下の道場では、師範代として逗留《とうりゅう》するよう誘われたこともある。

しかし、夢ノ助はきっぱりと断った。せっかくの話を断ったのは、己が剣客になれぬことを痛感していたからだ。

夢ノ助が剣客として生きる自信を失った事件は、周防《すおう》の山陽道を歩いていた時に起きた。

一年前、名も知らぬ小川で蛍の光が目立ち始めた時刻、夢ノ助の先を歩いていた旅の商人の前に山賊が現れ、取り囲んだ。夢ノ助は助けに行こうとしたのだが、薄暗い中、山賊の一人がぎらりと抜刀した刹那《せつな》、商人を斬ったのだ。血がほとばしるのを見た夢ノ助は、足がすくんで動けなくなった。恐怖のあまり土手に駆け下り、草陰に隠れてしまったのだ。

剣の道を志すきっかけになった、無頼者を倒した剣客の姿が目に浮かびながらも、夢ノ助は、凶暴な山賊を前にして刀の柄袋《つかぶくろ》さえ取ることができず、身を縮めて震えていたのだ。

山賊が夢ノ助に気付くことなく去ったあと、恐る恐る土手から這《は》い上がった。身ぐるみはがされた商人は、既に息絶えていた。恐ろしくなった夢ノ助は、その場から逃げた。

広島城下にたどり着いた時は、幾分か気持ちは落ち着いていた。世話になった道場で行なった木太刀《きだち》での稽古は問題なかったので、長逗留をさせてもらったのだが、ある日、稽古に来ていた広島藩の藩士が些細《ささい》なことで諍《いさか》いを起こし、道場で抜刀する騒動があった。

藩士たちの斬り合いは、門人たちが止めに入ったことで流血を見ることはなかったのだが、この時夢ノ助は、座ったまま動けなくなっていた。真剣での斬り合いに、腰が抜けたのだ。

ところが、腰を抜かしたことがとんだ誤解を招いた。座ったままの夢ノ助の姿を見た道場主が、若いのに肝《きも》が据わっている、と勘違いして、その場で師範代に誘ったのだ。

木太刀での稽古は師範代と対等に剣を交えていたのだから、そう思われても仕方がないことだったが、己の臆病さを思い知った夢ノ助は、この先剣の修行をする気になれず、

「やはり、商人の子は商人だ」

剣を捨てることを決めて誘いを断り、道場をあとにした。

親に頭を下げて敷居をまたぐつもりで江戸に帰ったのであるが、着いてみると、とんでもないことが待っていた。両親と弟は流行病《はやりやまい》に倒れてこの世になく、店は、他人の手に渡っていたのだ。

旅の空での三年はあっという間に過ぎたが、江戸での三年は万年にも値するほど長く、夢ノ助の居場所はなくなっていたのである。

蔵前で偶然再会したかつての番頭から、親も弟も、ずっと帰りを待っていたと聞かされて、夢ノ助は後悔の念にかられ、親不孝をした己を責めた。

それからは毎晩、呑めない酒をくらって潰れ、どこだか分からぬ場所で目を覚ましたことは数知れず。死んでもいいと思って呑み続けた酒であるが、呑めばそれなりに強くなり、死ぬることなどなかった。

自棄《やけ》になった夢ノ助は、懐《ふところ》が寂しくなれば賭場で稼ぎ、負ければ用心棒まがいのことをして小銭を手に入れ、また酒を呑む。

無宿の暮らしを続けていた夢ノ助がてっぽう長屋に流れ着いたのは、賭場で知り合った甚助に、一月《ひとつき》たったの二百五十文の部屋が空いていると、紹介されたからだ。

札差の家に生まれた夢ノ助は、何不自由なく育った身。修行の旅に出る前は、好きな古本に三両出してもなんとも思っていなかった。しかし今では、二百五十文の家賃でも高いと思う。甚助に紹介された時は、たまたま小銭を手にしていたので、冬になる前に棲家《すみか》を得ようと即答し、手間賃と一月分を払って転がり込んだというわけだ。これを機に博打を止《や》め、金が尽きる前にまっとうな仕事に就こうとしたのだが、親兄弟を喪《うしな》った心の痛みは無気力にさせ、今では、賭場に行く気にもなれなくなっていた。

てっぽう長屋で暮らす夢ノ助は、何をするでもなく、日々無駄に生きているのだ。

二

この日も、夢ノ助は万年床にいた。

もう丸二日、何も食べていない。腹が減っていても働く気になれず、横になっているのだ。

音もなく縁側に上がった猫を見ると、めざしをくわえているではないか。

猫は夢ノ助に見られているのも気にせず、めざしを食べはじめた。目を瞑《つむ》って旨《うま》そうに食べるのを見ていると、腹の虫が景気よく鳴いた。

「旨そうだな」

よだれを拭《ふ》きながら言うが、猫は知らん顔で食べ尽くし、べろで口の周りを舐《な》めると、手を舐めて顔を洗い、あくびをして寝転んだ。

夢ノ助は、そんな猫の仕草に心が和《なご》み、目を細めた。

「まるで、幽鬼だよう」

穴から覗いた女房が言うと、一緒に来ていた亭主の甚助は、眉をひそめた。

「やっぱり、この部屋は悪い物が憑《つ》いているな。何もしなくなっちまうのは、前の婆様とおんなじだ。そのうち、くくっちまうんじゃねぇかい」

甚助が片手で首を押さえるものだから、女房が身震いした。

「気味の悪いこと言わないでおくれよ」

「冗談だよ。しっかし、何があったかしらねぇが、ここまで酷《ひど》い暮らしをするとは思わなかったぜ。おい、間違えてもめしなんか恵むんじゃねぇぞ。引きずり込まれるからよ」

甚助がそう言って女房の尻をてろんと撫《な》でて、家に引っ込んだ。

女房は拳骨《げんこつ》を作って振り上げ、ばか、と言ってあとを追おうとしたが、人が来たのに気付《かが》いて顔を向けた。

身を屈めて歩んで来た初老の男は、てっぽう長屋の差配人だ。どぶ板を踏み抜かぬように下を見ていたが、上目づかいに女房を見ると立ち止まり、夢ノ助の部屋を指差した。

「いるのかい」

「相変わらずですよ」

女房が頷《うなず》くと、腰高障子の前で一つ咳をした。

「幸三《こうぞう》です。入りますよ」

声をかけて障子を開けると、遠慮なく足を踏み入れた。

日はとっくに高くなっているが、かまどに火種もなく、七輪も蜘蛛《くも》の巣が張ったままの台所を見回した幸三が、臭気を嫌って巾着袋を下げた手を鼻に当てて三和土《たたき》を一歩進むと、上がり框《かまち》の前に立った。

万年床に横たわり、裏庭に向いている夢ノ助の背中に向かって声をかける。

「ここの暮らしはどうです？　気に入っていただけましたか？」

夢ノ助は、幸三の声で目を覚ました。いつの間にか眠っていたらしく、縁側に寝転んでいたはずの猫の姿は消えていた。

「旦那、気に入っていただきましたら、そろそろ今月分の御家賃をいただけませんかね」

幸三が来ていることにようやく気付いた夢ノ助は、

「ああ」

と言って起き上がると、畳の上に重ねた古本をあさり、適当なのを選んで差し出した。

その行為に、幸三は肩を落として溜息を吐く。

「前にも申しましたが、ここにある本は一文にもならないのですよ。五百文にはなるとおっしゃるから伏見屋の旦那様にお預けしたのに、紙屑だと叱られたんですから。それに、この本はお富《とみ》婆さんが持っていた物でしょう」

そう言われて、夢ノ助も溜息を吐いて本を引っ込めた。幸三が言う通り、ここにある本は皆、前の住人が置いていったものだ。この部屋に住んでいたお富婆は、病気を苦に首をくくっていた。家賃が安いのはそのせいだったが、家財道具もそのまま置いてあり、今の夢ノ助にとって、紹介を断る理由にはならなかった。お富婆さんは昔芸者をしていたらしく、教養もあったとみえて、部屋の隅に積んだ本は、押し入れの布団の下にあったのを引っ張り出したものだ。ほとんどの本は、女が美しくなるための指南書だが、中には面白い伝記物もあり、暇つぶしに読み漁《あさ》っている。五百文になると言ったのは、自分ならその値を出しても良いと思ったからだが、伏見屋にはうけなかったようだ。

「面白いのになぁ」

残念そうに言うと、積本の上に無造作に投げ置き、敷布団の下から財布を出した。小粒銀の一つでも挟まっていないかと期待してみてもあるはずもなく、出るのは埃《ほこり》ばかり。

仕方なく、とっておきの天遊記に手を伸ばしたが、

「本は駄目です。金がないなら、出て行ってもらいますよ」

きっぱりと言われ、引っ込めた。ふと、部屋の隅に立てかけている刀に目を向けた。親兄弟の死を知ったその日に、二度と刀を抜かぬと封印した越後守末武《えちごのかみすえたけ》は、売れば百両にはなる名刀だが、死んだ父が買い与えてくれた物。今となっては唯一の形見であるため、手放すことはできない。

「済まない。もう少し、待っていただきたい」

頭を下げると、幸三が目を細めて見据えた。

「待てと言われれば少しは待ちますがね、夢の旦那、たったの二百五十文が払えないで、この先どうします。十《とう》の子供でも稼げる額ですよ。聞けば、食事もろくにしていないそうじゃないですか」

返事の代わりに、腹の虫が鳴った。

呆《あき》れた幸三が、家の中を見回して言う。

「何があってこのように荒《すさ》んだ暮らしをしているのか知りませんがね、若いんだから、しっかりしないといけませんよ。なんなら、仕事の世話をしましょうか」

幸三が、そうだと言って手を打った。

「そういえば、伏見屋の下男が腰を痛めて寝込んだそうで、薪《まき》割りをする男手が欲しいとおっしゃっていましたから、今から行きますか。やっとうが御出来になる旦那なら、簡単なことでしょう。一日だけですけど、五百文にはなりますよ。どうです？」

家賃を引いても二百五十文残ると言われて、夢ノ助は重い腰を上げた。家賃が払えなければ、自分を紹介してくれた甚助に迷惑がかかると思い、仕事をする気になったのである。

裏の障子を閉めようとしたところ、猫が縁側に跳び上がり、ごろりと寝転んだ。野良か飼い猫か知らないが、いつものように白い腹を向けて寝転び、こちらを見ている。そのふてぶてしい態度が気に入っているのであるが、今は相手ができぬ。障子を開けたまま出かけようと背を返すと、幸三が首を伸ばした。

「おや、その猫、どこかで見たような」

そう言って近づくと、猫はくるりと身を伏せて警戒し、どこかへ去ってしまった。

幸三は首を傾《かし》げたが、思い出せないのだろう。まあいいかと言って背を返し、立っている夢ノ助の身形《みなり》を見て、難しい顔で口をすぼめた。

「勧めておきながらあれですが、断られても、気を悪くしないでくださいよ」

そう言うと、先に草履《ぞうり》を履いて外に出た。

夢ノ助が刀を置いたまま出ようとすると、不用心だと幸三が言うので、仕方なく腰に落として出かけた。

路地を歩み、目と鼻の先にある伏見屋の裏木戸をくぐって中に入ると、幸三が勝手口から声をかけた。程なく現れた下女が、幸三から話を聞いて夢ノ助を見ていたが、一旦中に入って戻って来ると、頭を下げた。

幸三が手招きするので歩み寄ると、

「番頭さんから許しが出たそうですよ。しっかり汗を流して、稼いでください」

それじゃ、と言って、幸三は帰って行った。

下女が夢ノ助に顔を向けてにっこりと笑ったが、袴《はかま》の上からぼりぼりと太腿《ふともも》の痒《かゆ》いところをかく姿に、嫌そうな顔をした。

「こっちですよ」

苦笑いを浮かべて案内されたのは、屋根付の薪置場だった。近くに風呂の焚口《たきぐち》もあり、蔵前で暮らした家よりも立派に思えた。

薪は残り少なく、割る前の丸太が積まれている。

「これを、全部ですか」

夢ノ助が丸太を見上げて言うと、

「一日あれば終わるでしょう」

下女が、そっけなく言った。

この量で五百文は安いと思ったが、何も言わず、作業をはじめるために斧《おの》を握った。腹の虫が威勢良く鳴ったので恥ずかしかったが、下女は頼んだわよと言って、背を返して去った。

一人で黙々と薪割りをして、昼過ぎには半分終えたのだが、斧を振り上げた時に、目まいがした。屋根で日陰になってはいるが、今日はやけに暑く、おまけに二日も何も食べていなかったので、力が出ない。

水を一杯飲めば力が出るかと思い、斧を置いた夢ノ助は、勝手口に行った。

「あのう、済みません」

頭に巻いていた手ぬぐいを取り、声をかけたが、返事はなかった。台所に人影はなく、仕方ないので井戸の水をもらおうと背を返そうとした夢ノ助は、三和土の隅に置かれた茶碗に目を留めた。

鰹節《かつおぶし》を混ぜたご飯が半分残っている。

ごくりと喉を鳴らした刹那、腹の虫が景気よく鳴った。

辺りを見回した夢ノ助は、膝をついて手を伸ばした。

「駄目！」

座敷の奥からした声に驚いた夢ノ助は、さっと立ち上った。

声の主は、赤い振袖を着た娘だった。

うしろめたさから顔を見られず、夢ノ助は俯《うつむ》いた。

「それはほおずきのご飯です。人が食べてはいけません」

ほおずきとはなんだと思ったが、夢ノ助は頭を下げて立ち去ろうとした。その時、
勝手口から入ろうとした下女とぶつかりそうになった。

ぎょっとした下女が、

「ここで何をしているのです」

鋭い声で言い、座敷に目をやり、

「お嬢様、この人が何かしましたか」

心配そうな声をあげた。

「いえ、ただ……」

「やはり何かしたのですね」

「違うの。なんでもないのよ」

「そうですか？」

訝《いぶか》しそうな顔をする下女に、娘は言った。

「ほおずきがいなくなったので、見なかったか聞いていたのよ。ねえ、そうでしょう」

言われて、夢ノ助は顔を上げた。

柳腰《りゅうよう》の娘は、小顔で色が白く、その美しさたるや尋常ではない。

目を見張る夢ノ助に、娘が言った。

「猫のことよ。見なかったかしら」

――これは猫まんまだったのか
そうと知った夢ノ助は、猫のごはんを食べようとしたのを見られたと思うと、火が出るほど顔が熱くなり、慌てて俯いた。

「済みません」

頭を下げてその場から逃げると、薪置場に戻って、斧を振るった。

背後で声がしたのは、薪を十本ほど割った時だった。斧を振るう手を休めて振り向くと、娘が立っていた。

「お嬢様……」

夢ノ助は、ばつが悪そうに頭を下げた。その目に、赤い鼻緒の下駄が跳び込んでくる。白足袋《しろたび》は眩いばかりに清潔で、それを見ただけで、夢ノ助の鼓動は高鳴った。

「あのう」

「はい」

夢ノ助が顔を上げると、娘が、申し訳なさそうな顔をしていたので、再び頭を下げた。

「済みませんでした」

猫のごはんを取ろうとしたことを詫《わ》びると、娘が首を横に振った。

「そのことはいいのです。それより、よかったら、これをどうぞ」

そう言って、娘が差し出したのは、布がかけられた皿だった。受け取って布を取ると、真っ白い握飯が三つ並んでいた。おまけに、黄色い沢庵《たくあん》が添えられているではないか。

ごくりと唾を飲み込んだ刹那、腹の虫が鳴った。

驚いて顔を上げると、娘が吹き出した。

「どうぞ、お食べ下さい」

「いいんですか」

「はい」

　夢ノ助は、皿から握飯を取ると、大口を開けてかじりついた。

　口一杯に頬張る夢ノ助の姿を見て、娘はまた吹き出したが、

「すみれ、すみれ、どこだね」

　娘がはぁいと返事をすると、裏庭に面した廊下に男が立った。

「そんなところで何をしているんだい」

　お前は誰だという厳しい目を向けられて、夢ノ助は頭を下げた。

「この人は、加六《かろく》さんの代わりの人よ、ええっと」

「夢ノ助です」

　そう答えると、

「ああ、新しい店子《たなこ》か」

　喜右衛門が言い、幸三に一文にもならない本を渡した人だね、と、馬鹿にした。

　頭を下げたままの夢ノ助から目を上げた喜右衛門は、すみれに言った。

「すみれ、大事な話がある。わたしと来なさい」

「あの事でしたら、同じことですよ」

「いいから、来なさい」

父に呼ばれたすみれは、夢ノ助に頭を下げて行ってしまった。

「あれが、噂のすみれさんか」

美しいと評判の一人娘の後ろ姿を見送った夢ノ助は、二つ目の握飯を見つめた。

お嬢様が自ら握るはずなどないと思い、目が吊り上った下女の顔が浮かんで頭を振った。

久々の白飯に元気をもらった夢ノ助は、家賃、家賃、と口で繰り返し、斧を振るった。

三

父に呼ばれて客間に行ったすみれは、座っていた初老の男を見て、沈んだ面持《おもも》ちとなった。

「すみれ、伯父様に挨拶をなさい」

母親に言われて、すみれは廊下に座ると、三つ指をついて頭を下げた。

女房の兄源七郎《げんしちろう》の正面に座った喜右衛門は、浮かぬ顔をする娘に困ったような表情となり、頭を下げた。

二人の態度に、源七郎は険しい表情となり、腕組みをした。

白い目を母親に向けると、

「お菊《きく》――」

名を呼び、顎《あご》を振って促した。

母親は頷き、娘に膝《ひざ》を転じた。

「すみれ、このたびばかりは、わがままは許されませんよ。二十歳《はたち》になったのですから、先のことを考えないと」

「でも母様、ほおずきが――」

「いいかげんにしろ！」

父親の剣幕に母は首をすくめたが、すみれは毅然《きぜん》とした態度で言った。

「清次郎《せいじろう》さんには悪いと思っています。でも、ほおずきがなつかない人とは、どうしても嫌なんです」

「すみれ――」

「伯父様、ごめんなさい」

父の言葉を聞かずに頭を下げる姪《めい》に、源七郎は口をすぼめて尖《とが》らせた。

「すみれ、よく考えなさい。清次郎とは、小さい頃は仲ようしていたではないか。

わしとお前の母の従兄妹《いとこ》の子なのだから、他人ではないのだし、猫がなつかなくても、きっとうまくいく」

源七郎が言ったが、すみれは頭を振り、頭を下げた。

「ほおずきがなついた人なら誰とでも一緒になりますから、許してください」

強情な姪の態度に不機嫌となった源七郎は、

「わしはもう知らんからな」

姪にではなく、妹夫婦に捨《す》て台詞《ぜりふ》を吐いて立ち上がった。

これまで五人の婿候補を紹介したものの、猫嫌いとか、ほおずきがなつかないという理由で断るのだから、世話をしたほうにとっては面白くない。

兄の怒った顔をはじめて見た菊は、わがままを言う娘の頬を叩いた。

「おい、何をするんだい」

喜右衛門が慌てたが、菊は娘の肩を摑《つか》み、言い聞かせた。

「だいたい、ほおずきはお前と父様にしかなつかないのですから、そんなことを言っていたら、ほおずきが生きているあいだは結婚できませんよ。猫が何年生きるか知っているのですか。十五年ですよ、十五年」

喜右衛門がぎょっとした。

「お前、それは本当かい？」

「ええ。そうですよね、兄様」

「うむ？　ああ、そうだったな。確か、前に飼っていた猫が、それぐらい生きたな」

「猫又《ねこまた》じゃないのかい」

喜右衛門に化け猫かと突っ込まれて、菊が黙っていろという顔をした。

「ほおずきはまだたったの二歳。死んだ時には、お前は三十過ぎですよ」

「死ぬだなんて言わないで」

「どこに行くのです、お待ちなさい」

母の言葉を聞かずに、すみれは伯父に頭を下げて、自分の部屋に行ってしまった。

源七郎が、やれやれと溜息を吐いた。

「猫好きも、ここまでくると困ったものだな。お前にそっくりだ」

兄に言われて、菊がむすっとした。

「あたしは、ああまで酷くありませんでしたよ」

「何を言うかね。猫好きじゃないと嫌だと言って親を困らせて、十人目の喜右衛門でようやく承知したんじゃないか」

「ええ！」

驚いたのは喜右衛門だ。自分が十人目だと、初めて知ったのだ。

「娘とは違います。あたしは、猫好きなら誰でも……」

言いかけた菊が喜右衛門をちらりと見て、空咳《からぜき》をして誤魔化した。

「まあ確かに、清次郎は猫嫌いだし、器量も良くないので嫌がる気持ちは分かりますけど」

「おい、急に何を言うんだい」

喜右衛門が慌てると、菊が言った。

「ほおずきに好かれる人としか一緒にならないというのも分かりますのよ。お前さまを見ていると」

ほおずきに好かれている喜右衛門が悪い気がするはずもなく、

「そ、そうかい」

照れて首の後ろを撫でた。

呆れた源七郎が、

「朝までやってろ」

鼻息を荒くして帰っていった。

源七郎が帰って数日後、伏見屋では誰も縁談の話をしなくなり、

――ほとぼりが冷めたかしら
すみれも親に気を遣わなくなると、神楽坂《かぐらざか》の甘味所にあんみつを食べに出かけた。丁稚《でっち》を供にするかわりに猫を抱いて出かける姿は、所の者なら見慣れている景色だ。ほおずきも大人《おとな》しく抱かれていて膝の上から離れないため、他の客は嫌な顔をするどころか、可愛いと言って寄ってくる。撫でようとすれば、人嫌いのほおずきは、それと分かるほど嫌そうな顔をしている。すみれからしてみれば、それがまた可愛いのだ。

ほおずきと一緒にあんみつを堪能して帰るすみれであったが、その姿を陰から見守る者がいた。

青白い顔をした細面《おそおもて》の男は、じっとりと湿った目をすみれに向けたまま通りに歩み出ると、後をつけた。

人には聞こえぬ声で、

「殺してやる、殺してやる」

何度もつぶやきながら歩んでいるが、すみれが立ち止まると足を止め、距離を

保っている。

すみれの肩に這い上がったほおずきが、背後にいる男を見た。

ほおずきを見た男が、不気味な笑みを浮かべると、懐からめざしを出して、小さく振って見せた。

それに気付かないすみれは、近所の娘と立ち話を終えて店に帰り、裏手に回った。

路地に入っても、尾行者に気付かぬすみれは、裏木戸から中に入った。

閉《た》てられた木戸の前に立ち、中の様子を窺《うかが》う男は、下の隙間《すきま》にめざしを差し入れて、その場を離れた。

臭いに誘われた野良猫が路地に現れ、木戸の下に手を入れてめざしをひっぱり出すと、くわえて去った。

「あ、この野郎」

男が気付いたが、猫はすばしこく逃げてしまった。

逃げた猫を追って他の猫が路地に現れ、呼ぶように鳴いた。

猫が嫌いらしい男は、小石を拾い、

「あっち へ行け!」

投げつけた。

石は猫に当たらなかったが、毛を立てて背中を丸め、威嚇《いかく》の声をあげた。その声に釣られたのか、伏見屋の垣根の上に猫が跳び上がった。紛れもなくすみれの猫である。

「ほおずき、ほおずき」

中から呼ぶすみれの声がしたので、男は慌てて身を隠した。陰から見ていると、ほおずきは野良猫たちと遊び始めた。

男は、この機を逃すまいと後を追い、裏の空地、鉄砲組稽古場にいるほおずきに、そっと近づいた。

「お前さえいなくなれば、俺は、すみれといっしょになれるんだ」

そう言って、拳大《こぶし》の石を投げつけた。

「当たった、当たったぞ。ざまぁみろ」

嬉々《きき》とした目を見開いた時、鉄砲の轟音《ごうおん》がした。

他の猫は驚いて逃げたが、ほおずきは倒れたまま動かなかった。

発砲の音に驚いて腰を抜かした男は、旗本に見つかるのを恐れて、這うようにして逃げた。

四

「うん？　なんだこりゃ」

黄昏時《たそがれ》にてっぽう長屋に帰った甚助は、霞《かす》む目をこすって地面を見直した。長屋の路地には、めざしが落ちている。それも一匹や二匹じゃなく、転々と落ちているではないか。

博打で久々に勝ち、仲間と大酒を呑んで帰った甚助は、酔ったせいかと再び目をこすったが、めざしと目があった。気がした。

「今日は、ついてらぁな」

ひっくと喉を鳴らして、赤い顔を突き出して手を伸ばしたが、前のめりになり、積まれていた桶《おけ》に頭から突っ込んだ。

「だ、だれだ、おしゃぁがったのは」

と言ってみたが誰もおらず、つっと舌打ちをして這い出すと、めざしに手を伸ばした。

「やっぱり、夢じゃぁねぇ」

にんまりとしてかじり、

「こいつは上等だ」

旨さに上機嫌になった甚助は、七輪で炙《あぶ》って呑みなおす気になり、拾いはじめた。めざしは、路地の角を曲がっても落ちている。

「うひひ、こりゃ儲けもんだ」

せっせと拾う甚助の先では、

「ほおずき、ほおずきちゃん。美味《おい》しい魚だよ」

言いながら、薄暗い長屋の路地で中腰になっている者がいる。伏見屋の番頭だ。

番頭は、袋から出しためざしを路地に並べていたのだが、ふと顔を上げて、めざしを拾う甚助に気付いた。

「こらあ！」

「うわあ！」

番頭は、驚いて尻もちをつく甚助のところに駆け寄った。

「なにをしてくれるんだい。それじゃあ、ほおずきちゃんが出て来ないじゃないか」

怒鳴り声に気付いた長屋の連中が、腰高障子を開けて首を出すと、何ごとかと言いつつ集まって来た。

「おまえさん、何してるんだい。あら、どうしたのさ、そのめざしは」

駆け寄った甚助の女房が手の中のめざしを見て、悪いことをしたんじゃないかと、不安そうな顔で番頭に頭を下げた。

「取ったんじゃねぇ。落ちていたのを拾ったんだ」

「落ちていたんじゃない。並べていたんだよ」

番頭と甚助がやりあったが、

「番頭さんも人が悪いや。貧乏長屋に魚を並べるなんて」

誰かが言ったので、番頭が手をひらひらとやった。

「そうじゃないんだよ。お嬢様の猫がいなくなったので捜していたんだ。好物のめざしに釣られて出て来やしないかと思って、並べていたんだ」

すみれの大事な猫が帰ってこないと聞いて、長屋の連中は、そりゃ大ごとだと言った。

「お嬢様は、大丈夫なんで？」

すっかり酔いが醒《さ》めた甚助が訊《き》くと、番頭は表情を曇らせた。

「あれほど可愛がっておられたからね、心配して泣いておられる。あんなお嬢様は初めて見たよ」

　店の中が、火が消えたようになっていると聞き、長屋の連中も心配した。

「昨日から総出で捜しているんだが、見つからないんだ。見た者はいないかね」

「その猫は、どんな猫なんで？　黒ですかい、それとも白ですかい」

　甚助が訊くと、女房が言った。

「あんた知らないのかい。ほおずきちゃんを」

「お嬢様は知っているが、猫は知らねぇな」

「いつも抱っこされているじゃないか」

「ああ、思い出した。白と茶のぶち猫か」

　言った甚助が、うん？　と言って顎をつまんだ。

「白と茶の猫なら、近頃この辺で良く見ていたな。なあ、きよ婆さん、あんた、魚を取られたと言って、ほうき持って追っかけてたじゃねえか」

　そう言うと、長屋の老婆が頷いた。

「そうだったよう。おかげであの晩は、爺様の晩飯のおかずは梅干だけだったんだから」

　近所の女房の肩を叩いて、爺様が腹を立てたのなんのと言い、笑った。

そこへ、差配人の幸三がやって来た。

「おや、番頭さん、どうしたんです？」

「ああ、幸三さん。大変なんだよ。お嬢さんの猫が帰ってこないんだ」

「猫が？」

「今捜しているんだが、見つからなくてね。この辺りで見たと言うんだが、お前さん知らないかい」

「お嬢さんの猫ねぇ」

「白と茶のぶち猫だ。見なかったかい？」

番頭に言われて、幸三は夢ノ助の家を見た。

「前に、夢の旦那の家で見ましたよ」

「家の中でかい」

「ええ」

番頭ががっかりした。

「それは違う猫だね。ほおずきは人嫌いだから、旦那様とお嬢様以外には触らせもしないから」

「聞いていますよ。お嬢さん、猫がなつかない人とは一緒にならないとおっしゃってるんでしょう」

　幸三が言うと、番頭が困った顔で頷いた。

「可愛がり過ぎだと思うんだがね。念のために訊くんだが、旦那の家にいた猫は、尻尾の先が曲がっていたかい」

「尻尾？」

　幸三が考える顔をしていると、甚助があぁ、と声をあげた。

「あれですかい、長い尻尾の先が、ちょっとだけくっと曲がった」

　指をくの字に折って見せると、

「確か、旦那の部屋にいた猫もそうだったような」

　幸三が見た気がすると言うと、番頭が目を丸くした。

「間違いない、お嬢さんの猫だ」

　夢ノ助の部屋に行き、腰高障子を開けようとしたのだが、開かなかった。戸を叩いても返事がないので裏に回ったが、障子が閉てられている。

「留守か？」

　表に戻り、取っ手の丸い穴から覗いたが、暗くて見えなかった。

　その番頭の後ろで、甚助が言った。

「まさかとは思うが、夢の旦那、食っちまったんじゃ」

ぎょっとして振り向く番頭に、そうに違いねえと頷いた。

「猫を食う者がいるものか」

幸三が言うと、甚助は首を横に振った。

「旦那は何日も飯を食ってないはずだ。人間、腹が減ったら何でも食べるんじゃないですかい。なまこに比べりゃ、猫のほうがましだぁね」

「お前さんがなまこが嫌いだからそう思うだけだろう」

女房に言われて、甚助が舌を出した。

だが、番頭は顔を青くしている。

「いや、甚助の言う通りかもしれんぞ。夢の旦那は、うちへ薪割りに来た時、猫のごはんを食べようとしたほどだ」

皆がええ、と言って驚いた。

「よっぽど腹が減ってたんだなぁ、旦那は」

甚助が、やっぱり夢ノ助は猫を食ったに違いないと言うものだから、番頭は額から汗を流し、

「だ、旦那様に報《しら》せなければ」

急いで店に帰った。

「本当に、食べたんだかね」

女房が、気味悪そうに言った。誰も否定しないのは、髭も伸び放題で、ぼさぼさ頭の夢ノ助の姿が、猫を食うかも、と想像させているのだ。

番頭から報せを受けた喜右衛門が、息を切らせてやって来た。南町奉行所の与力までいたので、甚助たちは驚いて顔を見合わせ、頭を下げた。

「松下《まつした》様、御苦労さまでございます。奉行所のお方も、猫を捜していなさるんで？」

幸三が訊くと、初老の与力が、違う違うと言って手を振った。

「わたしは非番でな、たまたま本を借りに来ていたのだ。伏見屋の飼い猫を食うた者がいるというのは、本当か」

幸三と番頭に見られて、甚助が恐る恐る前に出た。

「へい、いや、その、そうじゃないかと言っただけで、見たわけじゃないですよ」

「なんじゃ、そうなのか。まあいい、わたしが確かめてやる。どの部屋の者だ」

訊かれて、甚助が手を指し向けた。

「こちらの旦那で」

「浪人らしいな。おるのか」

「心張棒《しんばりぼう》が掛けてありやすんで、たぶん、寝ているんじゃないかと」

甚助が一日中寝ていると教えると、喜右衛門が言った。

「松下様、構いませんので戸を破って下さいまし」

「まあ慌てるな、伏見屋」

松下はなだめるように言うと、戸を叩いた。

「南町奉行所の者だ。ここを開けよ」返事がないので、声を大にした。「おい！開けぬか！」

すると、心張棒を外す音がして、戸が開いた。夢ノ助を見た松下が、袖が裂けたぼろぼろの着物を着て、痩《や》せこけた髭面に顔をしかめた。

「なんじゃこの臭いは。たまには風呂に入らぬと、病気になるぞ」

無気力の目を向けた夢ノ助が、小さく頷くと、大口を開けてあくびをした。上を向いた時、ぼさぼさの髪の毛から何かが落ちたので見ると、小魚の煮干しだった。

それを拾った夢ノ助が、

「ああ、最後の煮干しがこんな所に」

嬉しそうに言うと、奥へ引っ込んだ。

「おい、こら。訊くことがあるのだぞ」

追って入った松下が、中で何か言っていたが、程なく出て来た。

「喜右衛門、猫が見つかったぞ」

そう言って、顎を振って中を示した。

喜右衛門と番頭が顔を合わせて、慌てて中に入った。甚助たちが外から覗き込んだ時、座敷の枕屏風《まくらびょうぶ》の奥で、猫のか細い鳴き声がした。

五

喜右衛門と番頭が遠慮なく入ってきたが、夢ノ助は振り向きもせず、煮干しを猫に食べさせていた。

「食べれば元気になるからな」

そう言って頭をなでてやった猫の腹には、夢ノ助の着物を裂いて作った包帯が巻かれている。

「ほおずき、お前ほおずきだね」

横に並んで座る喜右衛門が手を差し出すと、猫は顔を向けて鳴き、身体《からだ》を触らせた。

番頭が近寄ると、嫌そうな顔をして起き上がったので、

「間違いない。ほおずきだ」

喜右衛門が言い、先の曲がった尻尾を触った。

「伏見屋さんの猫でしたか。首に何も巻いていないので、てっきり野良猫だと思っていました」

「何処《どこ》かに引っかかって首を吊ってもいけないと娘が言うものだからね」

「そうですか。お嬢さんらしいですね」

「わたしと娘以外の者になつくとは、驚いたよ。それにしても、どうしてこのような怪我《けが》をしているんだ」

喜右衛門に訊かれて、夢ノ助は猫の顎をなでながら答えた。

「庭に来て倒れたので助けたんですが、背中に怪我をしていました。歩けるので骨は大丈夫でしょうが、猫同士の喧嘩で負った傷ではないですね」

「誰かが、怪我をさせたと？」

「そうとしか考えられません。時々魚をくわえて来ていましたから、石でも投げられたのではないですか」

すみれとの縁談を断られた何者かが命を奪おうとしたことなど、夢ノ助は考えもしなかった。

喜右衛門にしてもそれは同じで、ほおずきが時々悪さをしていることを気にかけていた。

「餌はたっぷりやっているのだが……」

「猫ですから、外で遊んでいるうちに腹も減りますよ」

「怪我をしたにもかかわらず、娘の所に戻らずにここに来るとは、よほどなれているのだな」

そう言った喜右衛門が、はっとした顔を上げ、頭に浮かんだことを振り払うように頭を振った。

婿のことだと察した番頭が、袖を引いて耳元でつぶやくと、

「分かっている。あり得ぬことだから心配するな」

喜右衛門が語尾を強めた。

ほおずきが声に驚いて身を伏せたので、喜右衛門が頭をなでてやろうとした。

「さあほおずき、すみれが待っているから、帰ろうな。家でゆっくり養生《ようじょう》しよう」

すると、ほおずきがするりと手から抜け出て、積んである本の上に座った。喜右

衛門が機嫌を取って頭をなでてやり、抱き上げた。商売柄、ほおずきが座っていた本に目が行き、その刹那、あっ、と息を呑んだ。

喜右衛門は、ほおずきを夢ノ助に渡して本を持つと、中を確かめた。

「こ、この本を、何処で手に入れた」

そう言って見せられたのは、天遊記だった。

夢ノ助が、京都で手に入れたと言うと、喜右衛門が膝を進めた。

「いくらで買ったんだ」

「一両です」

「一両！」喜右衛門が、何かを探ろうとする目をした。「お前さん、この本をいくらで売る」

「売る気はございませんよ」

「例えばの話だ。店に出すとしたら、いくらの値をつける」

夢ノ助はなぜそのようなことを訊かれるのか不思議に思ったが、松下は、なにやらにやにやしている。

「一両か、二両か」

喜右衛門が急《せ》かしたので、夢ノ助は少し考えて、値を決めた。

「そうですね、これほどのものですから、著者に敬意を払って、十両はいただきとうございます」

そう言った時の夢ノ助は、澄んだ目をしていた。

「うむ。良い値だ」

喜右衛門の夢ノ助を見る目が変わった。儲けより、本に対する熱意を知って、感心したのだ。そして、夢ノ助の膝の中で丸まっているほおずきを見て、目を細めた。

丁度その時、夢ノ助の腹の虫が鳴った。

「失礼」

夢ノ助が腹をさすりながら言うと、喜右衛門が正面で膝を揃えて座った。

「どうだね。猫を助けてくれたお礼に、我が家で夕餉《ゆうげ》を馳走《ちそう》したいのだが」

「旦那様」

番頭が止めようとしたが、お前は黙っていろと言われて、首を引っ込めた。

「見たところ本好きのようだが、うちには面白い本がたくさんあるぞ」

「はあ、しかし……」

夢ノ助は、ぼろぼろの着物を見下ろした。裸で行くわけにもいかず、断ろうと顔を上げると、喜右衛門が懐から財布を出した。二両分の小粒金がまとめられた四角い紙の包みを出し、膝元に置いた。

「これで、身形を整えるといい」

「こんなにいただいては」

「大事な猫の命を助けてくれたのだ。受け取ってくれ」

「もらっておけ」松下が言い、包金《つつみがね》を握らせた。「わたしが侍らしゅうしてやるから、ついて来い。まずは湯屋だ。さ、行くぞ」

夢ノ助は拒み、頭を下げた。

「わたしは元々侍ではございませんので、遠慮いたします」

「何を申しておる、浪人でも、侍は侍。そうであろう」

「そうではないのです。確かに剣術は学びましたが、父は札差をしておりました」

「札差？」

「はい。わたしが剣の修行の旅をしている間に親兄弟が病に倒れて、家は潰れてしまいましたが」

そう言うと、松下が目を見張った。

「おい、まさかお前、大月屋《おおつきや》右京《うきょう》の息子か」

「父を、ご存知なのですか」

「知らぬ者などいるものか。剣術修行の旅に出たまま行方知れずの息子がいると聞いていたが、そうか、お前が右京の子であったか」

「今はこのとおり、一文の稼ぎもないですが」

「稼げ、そして飯を食え。人並みの暮らしをせぬと、あの世で親が悲しむぞ」

夢ノ助は、何も言えなかった。

沈んだ顔をする夢ノ助を見て、松下が溜息を吐いた。

「しかし、まったく、残念なことであった」

松下は、惜しい人を亡くしたと、親兄弟の死を悼んでくれた。

「伏見屋、お前も知っておろう」

言われて、口をあんぐりと開けていた喜右衛門が我に返り、

「ええ、もちろん知っていますとも」

何度も頷いた。

父右京の羽振りの良さと名が江戸中に知れ渡っていたことを、夢ノ助は初めて知った。

「夢の旦那、いや、慎太郎さんだったね。大月屋右京さんの息子ならなおのこと、今夜は我が家に来て下さい。いいですね。きっとですよ」

夢ノ助からほおずきを受けとって抱き上げた喜右衛門は、夕餉の仕度をすると言って、番頭を連れて急いで帰った。

外にいる長屋の連中は、何が起きているのか分からず、目をぱちくりさせている。

「弱りました。そんなつもりで猫を助けたのではないのですよ」

夢ノ助が首の後ろをなでながら言うと、松下が笑った。

「良いではないか。あのように楽しげな喜右衛門を見たのは久しぶりだ。家主にとって店子は子供、店子にとって家主は親も同然だ。古本の話し相手になってやれ」

「はあ」

「さ、湯屋に行こうか」

松下に誘われて、夢ノ助は出かけることにした。

路地から表通りに出たところで夢ノ助は立ち止まり、声をかけた。

「松下様」

「うむ」

「今度ゆっくり、父のことを教えて下さい」

「ああ、いいとも」

夢ノ助は笑みで頷き、空を見上げた。夕暮れの空に輝く星に、目を細めた。

九回死んだ猫

高橋由太

高橋由太●たかはしゆた

一九七二年千葉県生まれ。二〇一〇年、第八回「このミステリーがすごい!」大賞隠し玉として『もののけ本所深川事件帖 オサキ江戸へ』でデビュー。「オサキ」シリーズの他に、「風太郎 江戸事件帖」シリーズ、「つばめや仙次」シリーズ、「ぽんぽこ」シリーズ、「もののけ、ぞろり」シリーズなどがある。

ねこは、だれよりも自分がすきだったのです。

『100万回生きたねこ』より

死神に会うのは、これで九回目だ。相変わらず子供の姿をしていて、初めて会ったときと同じ自己紹介を繰り返した。

「幸福の〝幸〟って書いて、幸吉《こうきち》。最後に会いたい人がいたら、おいらに教えてくれ」

この台詞《せりふ》を聞くということは、間もなく死が訪れるということだ。寿命が尽きかけたころに幸吉は現れ、最期の願い――会いたい人に会わせてくれる。

何しろ、今まで八回も、この台詞を聞いている。すでに聞き飽きていた。返事をせずにいると、例の台詞を死神の幸吉は付け加えた。

「人じゃなくてもいいよ。会いたい猫がいたら教えておくれ」

これから死ぬのは、人の子ではなく、一匹の猫だった。

死神は、猫も迎えに来るらしい。

一

猫が初めて幸吉に会ったのは、江戸に幕府が開かれる前——戦国時代のことだった。

あまりに昔のことなので、それが本当に幸吉だったのかはおぼえていない。ただ、子供の姿をした死神だったことだけは確かだ。

そのころ、猫は戦国武将に飼われていた。

戦国武将と言うと、誰も彼もが天下を目指していたように思われがちだが、猫の飼い主は穏やかな男で、争いごとを嫌っていた。合戦をしたことがなく、城も土地も、何年か前に死んだ父親が奪い取ったものだった。

合戦で父親が死んだとき、猫の飼い主は家臣たちに宣言した。

「もう合戦はしない」

合戦をしないということは、領土を広げるつもりがないということだ。落胆し、何人かの家臣が去って行った。

がっかりして去って行った中には、猫の飼い主の妻もいた。八歳のときに飼い主の妻として嫁いで来たが、誰よりも野心が強く、天下を争う男の妻になりたがっていた。贅沢《ぜいたく》をするのが何より好きだった。

「合戦をしないなんて、信じられません」

さっさと猫の飼い主を捨て、合戦好きの戦国大名のもとに嫁いで行った。

猫の飼い主は気を落としたが、それでも合戦はしなかった。人を殺すのも、自分が死ぬのもごめんだったのだ。

そんな飼い主のことを、猫は好きでも嫌いでもなかった。合戦をしようとしまいと、どちらでもいい。そのときは、そう思っていた。

※

猫の飼い主は鉄砲や槍を売り払い、たくさんの鍬《くわ》や鋤《すき》を買った。そして、自ら百姓仕事を始めた。

慣れない野良仕事に泥だらけになり、田畑で転んでは家臣や百姓たちに笑われたが、猫の飼い主は気にしなかった。合戦をしなくても——人を殺さなくても、必死に働けば豊かに暮らせると信じていた。朝から晩まで働く飼い主の姿を、猫は静かに見守った。

野良仕事に慣れて来ると、今度は荒れ地に鍬を入れ、領土の田畑を増やそうとした。田畑が増えれば作物も増え、飢えることがなくなる。やさしい猫の飼い主は、不作のたびに領民が飢えて死ぬことを気に病んでいた。

荒れ地を耕し続ける姿を見て、少しずつだが百姓たちの様子が変わった。泥だらけの猫の飼い主を見ても笑わなくなり、一人また一人と荒れ地に鍬を入れ始めた。

槍一本で天下を狙う。聞こえはいいが、雑兵として血を流すのは、いつだって百姓の役目だ。男手を取られ、潰れた百姓も多い。夫や息子を失い、独りぼっちになる女もいる。

合戦なんて、ない方がいい。

百姓たちの誰もが、そう思っていた。

「領民が飢えない国を作る」

猫の飼い主はそう言った。

その言葉に嘘はなく、三年がすぎるころには、荒れ地のほとんどが田畑となり、百姓たちの暮らしは豊かになった。もう、猫の飼い主を笑う者は一人もいない。百姓たちに慕われた。

国の置かれた立地もよかった。

京から遠く離れた山間《やまあい》の小さな国だったこともあって、他の戦国大名から攻められることはなく、穏やかな日々が続いた。猫の飼い主の国だけ、戦国乱世から取り残されていた。

そんなふうにして、ゆっくりと時が流れて行った。

やがて、猫は年老いた。

※

ある日、年寄りになった猫は、町外れの野原に足を伸ばした。

猫は死ぬ前に姿を消す。死期が近づいていることが分かるのだ。猫も自分の死期が近づきつつあることを知っており、理由は分からないが、自分の死体を見せたくなかった。

だから、少しでも遠くへ行こうとした。死ぬ姿を見せぬため、飼い主から離れようとした。城から離れてしまえば、知り合いはいない。

城で育ったこともあって、ずっと独りぼっちだった。

そして、今、独りぼっちのまま、死んで行こうとしている。それが悲しいことなのかどうかも、年老いた猫には分からなかった。ただ、姿を消すことだけを考えた。

どこか遠くで、ひっそり死んで行くことだけを考えた。

しばらく歩くと、ひとけのない野原に辿《たど》り着いた。

猫のやって来た野原は山の天辺《てっぺん》近くにあり、飼い主の国を一望することができた。

田畑は豊かに実り、日だまりの中、子供たちが走り回っている。誰一人として泣いている者はいなかった。満足げに笑う飼い主の姿が思い浮かんだ。

そんな景色を見ながら、年老いた猫はゆっくり目を閉じた。温かい風が吹き、いつもより少しだけ深い闇がやさしく猫を包んでくれた。

死ぬには悪くない日だ。

そう思った。

※

　しかし、猫は死ななかった。

　闇の中で眠り続けようと思ったのに、馬の嘶《いなな》きに叩き起こされた。

　年老いて遠くなった耳を澄ますと、何十頭――いや、何百頭もの馬の蹄《ひづめ》の音が聞こえて来る。それだけではない。途切れ途切れに、人の子が悲鳴を上げている。

　重い瞼《まぶた》を抉《こ》じ開けると、合戦が始まっていた。

　いや、合戦ではない。

　侵略だ。

　刀や槍を売り払い、農具を買ってしまったのだから、合戦などできるはずがない。武器を手にしているのは敵だけだ。

　猫は、さらに周囲を見回した。

　百姓たちの家は燃え、道端には死体が転がっている。年寄りの死体もあれば、子供の死体もあった。

　城からは煙が上がっている。豊かに実っていた田畑も荒らされていた。猫の飼い主の国は、一方的に蹂躙《じゅうりん》されていた。

　領主であるはずの飼い主の姿は見当たらない。のんきなところのある飼い主のことだから、城の中で居眠りしているのかもしれない。

そう自分を納得させ、一大事を知らせようと、起き上がりかけたとき、子供の声が聞こえて来た。

「行っても無駄だよ」

最初は空耳だと思った。

猫が人の言葉を解することを知る人の子は、少なくとも、この土地にはいないはずだ。だから、人の子が猫に話しかけるはずがない。しかし、

「おいら、人の子じゃないよ」

子供の声は言った。言葉を解するだけでなく、猫の考えていることが伝わっているらしい。

振り返ると、六つか七つくらいの人間の子供が立っていた。感情のない顔で、猫のことを見つめている。

「おいら、幸吉。幸吉の〝幸〟は、幸福の〝幸〟って書くんだ」

聞いてもいないのに、そう名乗った。

人の子の姿をしているが、生き物でないことはすぐ分かった。目の前に立っている子供――幸吉には、影がなかった。影のない子供など、この世にいまい。きっと、化け物の類《たぐい》だ。猫の国を蹂躙している敵の仲間かもしれない。

幸吉は猫の心を読む。

「化け物でも敵でもないよ。おいら、ちゃんとした死神だよ」

死神――。

死に誘《いざな》う神を「死神」と呼ぶことくらいは知っていた。人間だけでなく、猫の前にも現れるとは知らなかったが、周囲に誰もいないのだから、死神に連れられて行くのは猫なのだろう。

案の定、幸吉は、猫がもうすぐ死ぬと言った。

「最期の願いを叶えるのが、おいらの仕事なんだ」

この世に未練を残さぬよう、一人だけ会いたいものに会えるという。突拍子もない話だが、嘘を吐《つ》いてるようには見えなかった。そもそも、死にかけた猫を騙《だま》しても、何の得もない。猫は死神の言葉を信じた。

飼い主に会わせてくれ、と猫は言った。一刻も早く、国が攻められていることを教えてやりたかった。

「それは無理なんだ」

死神が首を振った。

「死んじゃった人には会えない。だって、この世にいないんだから」

本当のことを言えば、薄々、気づいていた。猫の飼い主は、年老いた猫より先に死んでしまっていたのだ。

「真っ先に殺されちゃったよ」

死神は残酷な話を口にする。騙し討ちのように殺されたという。

猫の飼い主を殺し、この国を蹂躙しているのは、かつての猫の飼い主の妻が再嫁《さいか》した戦国武将だった。遊びに来たと偽り、猫の飼い主や領民たちが手塩にかけて作り上げた、この豊かな領土を狙ったのだ。

殺されたのは猫の飼い主だけではない。

猫の頭を撫でてくれた百姓たちやその子供たちも、斬り殺され死体となってしまった。何も残っていないし、誰もいない。生まれ育った城は燃やされ、飼い主と並んで歩いた町は壊されている。何もかもが消えてしまった。

それなのに死神は聞く。

「最後に会いたい人はいるかい？」

猫は首を振った。会いたい人なんて、もうどこにもいない——。

こんなふうにして、猫は一度目の死を迎えた。

二

暗闇の中、時は流れた。

何の前触れもなく、猫は生き返った。年寄り猫ではなく、赤ん坊猫になっていて、身体の模様も変わっている。見知らぬ家の中で、にゃあにゃあと鳴いていた。

自分の身に何が起こったのか分からず、戸惑っていると、子供の声が聞こえて来た。

「猫は九回生きるからね」

幸吉の声みたいに聞こえたが、どこにも死神の姿はなかった。

不意に、『猫は九つの魂を持っている』という諺《ことわざ》が脳裏に浮かんだ。死んでも生き返るのが猫というものらしい。

あと八回も死ななければならないのか――。

面倒だ、と猫は思った。

三

それから七回、猫は死んだ。

生まれ変わる場所も時代も違ったが、七回とも人に飼われた。飼い主のことは全員おぼえている。

高利貸しをやっている金持ちの老爺《ろうや》に、飼われたことがあった。町外れに捨てられていたところを拾われた。

その高利貸しは誰のことも信用せず、家族を作ろうともしなかった。猫と二人だけで暮らしていた。取り立てが厳しいと町中から嫌われ、金を借りに来る者の他は誰も高利貸しに近寄らなかった。

金貸しに金を返せず、一家心中した者もいた。石をぶつけられ、家に火をつけられそうになったこともある。

蛇蝎《だかつ》のように嫌われている高利貸しだが、猫にはやさしかった。猫の姿を見るたび頭を撫で、夜になると同じ布団で一緒に眠った。怖い夢でも見るのか、高利貸しはときどき魘《うな》されていた。寝言で、誰かに謝っていることもあった。

「ずっと一緒にいておくれ」

高利貸しは口癖のように言っていた。他に行き場もない猫は、高利貸しの家に居続けた。

ただ、そのずっとは、それほど長くなかった。ある朝、高利貸しは目をさまさなかった。猫を抱いたまま死んでいた。

高利貸しのところに幸吉がやって来たのか、猫は知らない。とにかく、二番目の飼い主も死んでしまった。

後には、たくさんの金と猫が取り残された。

見たこともない親戚たちがやって来て、奪い合うようにして金を持って行ったが、誰も猫を連れて行こうとはしなかった。

だから、猫は人のいなくなった高利貸しの家で暮らし続けた。どこかに行こうとは思わなかった。

「ずっと一緒にいておくれ」

そんな言葉が、いまだに耳に残っていた。

当たり前だが、平穏に暮らすことなどできなかった。

高利貸しの猫だと恨まれ、外に出ると石をぶつけられた。当然ながら餌をくれる者もなく、痩せ細って、猫はゆっくりと弱って行った。

ある日、幸吉が現れ、会いたいものがいるかと聞いたが、猫は小さく首を振った。会いたい人なんていない、どこにもいない。

こうして、二度目の一生も終わった。

四

何度も生き死にを繰り返した。

貧乏人に飼われたこともあれば、岡場所の女郎《じょろう》に飼われたこともあった。盗人の飼い猫になったときには、一緒に盗みに入った。

どの飼い主たちも例外なく、猫のことを可愛がってくれた。そして、一人残らず、猫より先に死んで行った。猫の方が寿命が短いはずなのに、誰も長く生きなかった。飼い主たちが死んだ後に幸吉は現れた。飼い主が死んだ三日後だったこともあれば、三年後だったこともある。

とにかく、誰もいなくなってから幸吉は現れるのだ。独りぼっちになってしまった猫に向かって、いつもの台詞を口にする。

会いたい人がいたら教えておくれよ、と。

五

生き返るたびに生まれたばかりの赤ん坊猫に戻ったが、記憶は残っていた。これまであったことは、ちゃんとおぼえている。特に、独りぼっちになったときの気持ちは忘れられない。

人の子は簡単に死んでしまう。ずっと一緒にいよう、と言ったくせに、猫を置いてあの世とやらへ行ってしまう。

もう誰かと別れるのは嫌だった。だから、九回目に生き返ったとき、猫は誰の飼い猫にもならなかった。野良猫として生きてやろう、と心に決めた。

九回目の猫の人生は、江戸の下町で始まった。

どうしたわけか江戸に生まれ変わることが多く、盗人の飼い猫になったときにすごしたのも江戸だった。

初めての人生のとき——戦国時代には、聞いたことさえなかった江戸なのに、猫が生き返るたびに大きくなっていた。猫の何百倍もの人の子が江戸の町で暮らしていた。信じられないくらい、たくさんの家が並んでいる。

野山で暮らす熊《くま》や猪《いのしし》と違って、猫は町場の方が生きやすい。家が多いということは、それだけ転がり込む場所があるということだ。

しかし、猫は人の子の家を避けた。人に見つかって飼い猫にされぬよう、猫は破《や》れ寺をねぐらにした。

万事に飽きやすい人の子の世では、神仏にも流行《はや》り廃《すた》りがあるらしく、そこら中に打ち捨てられた寺社があった。

猫の住みついた破れ寺は神田《かんだ》明神《みょうじん》や湯島天神《ゆしまてんじん》のすぐ近く、耳を澄ませば、川のせせらぎが聞こえるところにあった。〝お化け寺〟とか〝幽霊寺〟と呼ばれており、人の子たちは近寄らなかった。

ここなら静かに死ねる。

悲しまずに死ねる。

生まれたばかりの仔猫なのに、そんなことを考えた。何度も死んでいるせいか、死ぬことばかり考えるようになっていた。

歳月人を待たずと言うが、猫のことも待ってはくれない。気づいたときには、成猫になっていた。猫は、ずっと独りで暮らしている。

寝場所には困らなかったが、当然ながら餌をくれる者はいない。食わなければ生きて行けず、一日のほとんどを餌さがしに費《つい》やした。人に飼われずに生きて行くのも楽ではない。

※

その黒猫に会ったのは、湯島天神の裏手を歩いているときだった。痩せこけてはいるが、猫と同い年くらいの雌猫で、木陰にうずくまっていた。

その姿を見て、死んでいるのか、と猫は思った。

江戸の町には、野良猫も多い。野良猫たちの多くは、寿命を全うすることなく病気や飢えで死んで行く。仔猫や弱った猫が、鳥の餌になることもあった。そんな仲間の死骸を猫はいくつも見ている。猫にとって、死は身近なものだった。

しかし、黒猫は死んでいなかった。

ぐるるぐるると音が聞こえた。この音はよく知っている。腹の虫の音だ。

近づいてみると、黒猫は目を開けた。人に飼われている猫らしく、その毛並は美しく、見知らぬ猫を見ても警戒していない。ただ、困った顔で猫を見ている。その顔は、助けてくれ、と言ってるように見えた。

死にかけた猫仲間を見ても、いつもなら放っておくのに、気づいたときには口走っていた。

——うちに来ない？

すると、黒猫は小さくうなずいた。よろこんでいるようにも見えないが、嫌がっているようにも見えない。ねぐらに向かって歩き出すとついて来た。

こうして猫は黒猫と暮らし始めた。独りぼっちでなくなった。

※

人に飼われず生きて行こうと決めていたが、人の子とまるで関わりがないわけではない。餌を求めて湯島天神に通っているうちに、人の子と知り合いになった。

いや、正確には人の子ではない。

「今日も猫様がおります」

――相変わらず暇そうだのう。

ぽんぽこと白額虎《はくがくこ》がやって来た。

美しい町娘と間抜け顔の駄猫にしか見えぬが、ぽんぽこは化け狸、白額虎は唐《もろこし》の仙虎であるという。妖怪だ、と二匹は言った。

――そう。

返事をしたものの、猫には信じられない。こんなに呑気《のんき》で、間の抜けた妖怪がいるはずがない、と思ったのだ。

そんな猫の気持ちが伝わったのか、

――妖怪の実力を見せてやるといいのう。

「あい。ぽんぽこにお任せくださいませ」

懐から枯れ葉を取り出した。そして、それを頭に載せ、「ぽんぽこッ」と訳の分からない呪文を唱えた。

どろんと煙が立ち、町娘の身体を飲み込んだ。

――相変わらず煙いのう。

ゲホゲホと駄猫が咳き込んでいる。やっぱり間抜けにしか見えない。やがて煙が晴れた。

「お待たせいたしました」

声とともに現れたのは、猫だった。自分そっくりの猫が立っている。ぽんぽこが化けたらしい。しかし、

――しっぽが違うのう。

小声で白額虎が注意した。見れば、猫の身体に、ふさふさした狸のしっぽがついている。これでは、狸猫《たぬきねこ》だ。

「………」

――………。

気まずい沈黙が流れた。猫が黙っていると、ぽんぽこと白額虎が観念し、

――半人前の妖怪だのう。

「あい。駄目妖怪でございます」

と、白状した。それなら納得できる。

半人前の妖怪が生き馬の目を抜く江戸で暮らすのは大変らしく、年がら年中、貧乏金なし、腹を減らしていた。

「働かざる者、食うべからずでございます」

――世知辛い世の中だのう。

と、額に汗して働いていた。

誰かに雇われているらしく、毎日のように人さがしをしている。猫と知り合ったのも、ここらに住んでいる人の子の家を聞かれたのがきっかけだった。神田明神でよく見かける老婆を、ぽんぽこと白額虎はさがしていた。教えてやると、聞いたくせに二匹はため息をつき、憂鬱そうな顔をした。

——見つけてしまったのう……。

「あい……」

不思議に思ったが、そのときは何も聞かなかった。人に事情があるように、妖怪にも事情があるのだろう、と思っただけだ。

それからしばらくして、老婆が死んだことを猫は知った。ただ、そのときは、まだ、ぽんぽこと白額虎が何の仕事をしているのか知らなかった。

ずっと知らないままでいた方が、幸せだったのかもしれない。

※

一緒に暮らすことになった後も、黒猫は相変わらず痩せていた。

飯を持って来てやっても、少ししか食べない。少しでも食べればいい方で、吐いてしまうことも多かった。

大丈夫か、と猫が聞くと、慣れてるから平気、と黒猫は答えた。生まれつき身体が弱く、ずっと飼い主の家で暮らしており、外を歩いたのは初めてだ、とも言った。

――捨てられそうになったから家出して来たの。

商人の家で飼われていたが、飼い主たちが長崎とやらに引っ越して行くことになっており、それを聞いて家から飛び出して来たという。

――きっと連れて行ってもらえないわ。

ただ捨てられるのはいい方で、邪魔になった飼い猫を川に放る人の子もいる。黒猫が逃げ出したのも当然だ、と猫は思った。

しかも、黒猫は病んでおり、そのことを自覚してもいた。

――どうせ死ぬのなら、知らない町になんて行きたくないわ。

黒猫はそう言った。

――そう。

他に答えようがなかった。黒猫の気持ちが分かるような気もするし、どこで死のうと大差ないような気もした。

※

今まで八回生きたが、猫仲間と暮らすのは初めてのことだった。思い返してみれば、今まで、ろくに猫仲間と話したことさえなかった。何をしゃべればいいのか分からない。

そもそも、ゆっくりと話している暇はなかった。

世間知らずで身体の弱い黒猫は、自分で餌を見つけることができない。それどころか、外に出ることもできない。

黒猫と一緒に暮らし続けたかったから、猫は二匹分の餌をさがした。一匹分しか見つからなかったときには、お腹《なか》がいっぱいだ、と嘘を吐いて黒猫にあげた。

誰かを好きになると、嘘吐きになるらしい。

※

冬が近づいて来るに連れ、餌を見つけるのがいっそう難しくなった。

餌を見つけると言っても狩りをするわけではなく、神田明神や湯島天神の参詣《さんけい》客《きやく》から食べ物をもらうだけなので、寺を訪れる人の子が減れば餌も減る。

木枯しが冷たく吹く日には、まるでひとけがなかった。雪なんぞ降った日には、誰もいなくなる。

今まで一匹だったからどうにかなったが、ひとけの絶えたこの辺りで、二匹分の餌を見つける自信はなかった。今日に至っては一匹分の餌さえ見つからない。

寒くなったためか、黒猫の病気も進んでいるように見えた。自分の餌はともかく、黒猫の分だけでも見つけて帰りたい。

帰るに帰れず、彷徨《さまよ》うように神田明神を歩いていると、境内の隅の木陰に顔見知りがいた。ぽんぽこと白額虎だ。

近づくと話し声が聞こえた。

「神社で食べる玉子焼きは美味《おい》しゅうございます」

――わしは酒が飲みたいのう。

話に夢中で、猫がやって来たことに気づいていない。

――酒を買って来てもいいかのう？

「玉子焼きを買ってしまったので、お金がありませぬ」

――全財産を玉子焼きにしてしまったのかのう？

「一文も残っておりませぬ」

――家賃をどうするつもりかのう？

「分かりませぬ」

――長屋から追い出されてしまうのう。

「それは困りまする」

と、眉間《みけん》に皺《しわ》を寄せている。二匹そろって周囲に目が行っていない。もともと、ぼんやりしている二匹だ。こんなものだろう。

声をかけようとしたとき、それに気づいた。

ぽんぽこと白額虎の脇には、玉子焼きの折り詰めが置かれている。焼き立ての甘いにおいが鼻をついた。元気のない黒猫も、柔らかい玉子焼きなら食べられるだろう。黒猫が玉子焼きを食べる姿が思い浮かんだ。

気づいたときには、玉子焼きの折り詰めをくわえ、神社を後にしていた。玉子焼きを盗まれたことに気づいてないらしく、狸娘と駄猫は追いかけて来ない。

その夜、黒猫と二人で玉子焼きを食べた。

※

翌日も、猫は神田明神に行った。餌をさがしに行ったわけではない。玉子焼きを盗んだことを、ぽんぽこに謝るつもりだった。

野良猫なのだから盗みもするが、顔見知りから盗むのは間違っている。ぽんぽこは気がやさしい。盗まずとも事情を話せば玉子焼きを分けてくれたような気がする。少なくとも、何も言わずに盗む必要などなかった。黒猫と玉子焼きを食い終えた後も、ずっと後悔していた。

それだけが目的ではない。謝罪の他にも話があった。

仕事の仲間に入れてくれ、とぽんぽこと白額虎に頼むつもりだった。詳しい話は聞いていないが、人さがしの仕事をしていると言っていた。

あの二匹にできる仕事なら猫にもできるはずだし、何より金を稼ぐことができる。大金が欲しいわけではない。黒猫と飢えることなく暮らせれば、それでいい。金をもらえなくとも、食い物が手に入ればいい。

言うべきことを頭でまとめながら、神田明神にやって来たが、ぽんぽこと白額虎の姿はなかった。

冬にしては暖かな日で、境内は参詣客で混み合っている。あまり人が多すぎても餌はもらえない。踏み潰される恐れもあった。生きて行くためには人は必要だが、数が多すぎても困る。

猫は、昨日、玉子焼きを盗んだ木陰に行った。

なぜだか分からないが、どんなに混雑していても、不思議と人の寄りつかぬ場所がある。この木陰は、まさにそういう場所だった。人の子たちは近寄りもしない。

ぽんぽこと白額虎がいるのは、たいてい、ここだった。

しかし、木陰にも、ぽんぽこと白額虎の姿はなかった。

そのうちやって来るだろう――。

猫は丸くなった。

黒猫のことが気になっているせいか、最近、あまりよく眠れていない。だから、ずっと眠かった。眠いのに寝られない。寝不足のためだろう、ときどき頭が痛くなる。

ぽんぽこたちがやって来るまで寝ておこうと、猫は目を閉じた。黒猫のいない木陰では眠ることができた。

※

どのくらい時がすぎたか分からぬころ、ぽんぽこの声が聞こえた。

「どこにもおりませぬ」

――おかしいのう。このあたりにいるはずなのだがのう。

白額虎の声も聞こえる。

ようやく、ぽんぽこと白額虎がやって来たらしい。昨日と同じように、猫がいることに気づいていない。猫のいる場所の反対側に連中はいるようだ。

声をかけようとしたとき、二匹とは別の声が聞こえた。

「この近くにいるのは間違いないと思うよ、おいら」

とたんに身体が凍りついた。その声には聞きおぼえがあった。

まさかと思いながら、木の反対側を覗き込むと、そこには幸吉の姿があった。死ぬたびに現れる、子供の姿をした死神だ。

猫は神田明神から逃げ出した。

※

まだ見つかっていない。死神に見つかっていない、と自分に言い聞かせながら、猫は神田の町を走った。

死神が現れたということは、猫の死期が迫っているということだ。たぶん、もうすぐ猫は死ぬ。

しかし、猫は死にたくなかった。黒猫と別れたくない。猫がいなくなったら、病弱な黒猫は生きて行けまい。黒猫のためにも死ぬわけにはいかない。

だから猫は考えた。

必死に考えた。

あの世に連れて行くのが死神の仕事ならば、連れて行かれぬように逃げればいい。死神に会わなければ、きっと死なずに済む。

ぽんぽこと白額虎のやっている仕事の正体も分かった。二匹は死神に雇われており、これから死んで行く人の子をさがしているのだ。

幸吉のことはよく知らぬが、ぽんぽこと白額虎は神田で暮らしていると言っていた。ならば、神田の町から離れればいい。死神から逃げ切れるか分からないが、神田で暮らし続けるよりは安全なはずだ。

——旅に出る。

猫は、黒猫と二匹で旅をする姿を思い浮かべた。どこに行っても、黒猫がいれば幸せでいられる気がした。黒猫と一緒にいられるなら、死神から逃げ回りながら暮らすのも悪くはない。

黒猫の待つ破れ寺に猫は飛びこんだ。一緒に遠くへ行こう、と言うために。

※

時は流れ、神田明神で幸吉を見かけた日から何年かが経《た》った。

昔と変わらず、猫は神田の外れの破れ寺で暮らしていた。猫が年老いただけで、他は何も変わっていない。

いや、それは嘘だ。

何もかもが同じというわけではない。破れ寺に黒猫はいない。遠い場所に行ってしまった。

年寄り猫になって、たくさんのことを忘れてしまったが、黒猫のことは忘れられない。黒猫が行ってしまう前のことは、今も繰り返し夢に見る。

あのとき、神田明神で幸吉を見かけた後、破れ寺に帰ってみると黒猫が倒れていた。慌てて駆け寄ると、血を吐いた痕《あと》があった。

黒猫の身体は、やっぱり病に侵されており、いつ死んでもおかしくないほどに弱っていた。

猫が声をかけると、黒猫は目を開けた。それから、弱々しい声で、こう言った。

――お家を汚しちゃって、ごめんなさい。

猫は黒猫を必死に看病した。

魚屋から魚を盗み、黒猫に食わせようとした。人の子の家から着物を盗み、黒猫の身体にかけてやった。

黒猫を助けるため、できることは何でもやった。

しかし、黒猫は元気にならず、日一日と痩せて行った。上等の魚を盗んで来ても喉を通らないらしく、ほとんど手をつけなかった。

ある夜、神田の町を真っ白に染めるほどの雪が降った。破れ寺の中は寒く、猫と黒猫は身体を寄せ合うようにしていた。黒猫の身体は骨と皮ばかりになっていたが、それでも温かかった。

やがて、白い息を吐きながら、黒猫が、

――雪を見たい。

寺の外に連れて行ってくれ、と言い出した。

病身の黒猫を外に連れて行くのは躊躇《ためら》われたが、断ることができなかった。断ったら後悔するような気がした。

外に出ると、いつの間にか雪はやんでいた。

空には月が浮かび、白一色となった神田の町を照らしている。時刻はすでに丑三《うしみ》つ時をすぎており、見渡すかぎり誰もいなかった。

――みんな、死んじゃったみたい……。

黒猫が独り言のように呟《つぶや》いた。

八回も死んでいるくせに、猫は死後の世界とやらを知らなかった。いや、もしかすると、気づいてないだけで、ここがあの世なのかもしれない。それなら、それでもいい。ずっと、黒猫と一緒にいられる。

黒猫に声をかけようと口を開きかけたとき、こっちにやって来る人影に気づいた。人ではない。死神とものの
けだ。雪の中、幸吉とぽんぽこ、そして白額虎がやっ

て来た。黒猫を連れて逃げようと思ったが、身体が動かなかった。

幸吉たちは猫の脇を通りすぎ、黒猫のそばで立ち止まった。

「やっと見つけた」

死神は黒猫に言った。死神が迎えに来たのは、猫ではなかった。正直に言えば、少し前から、そんな気がしていた。

それから、黒猫を連れて行ってしまった。遠くに連れて行ってしまった。止めることはできなかった。

こうして、猫は独りぼっちになった。

※

黒猫がいなくなった後も、猫は破れ寺で暮らし続けた。

江戸の町は日に日に栄え、人の数が増えて行った。そこら中に食い物屋ができ、餌に困ることもなくなった。道を歩くだけで、人の子たちは餌をくれる。

猫を家に連れて帰ろうとする人の子もいたが、猫は誰の飼い猫にもならなかった。独りぼっちで暮らし続けた。

外を歩いて帰って来ても誰もいない。黒猫はいない。

黒猫がいつも寝ていたところで丸まってみたが、もう黒猫のにおいさえせず、ただ悲しくなっただけだった。

時間だけが静かに流れ、何年かが経った。少しずつ、猫は年老いて行った。よぼよぼの年寄り猫になった。

やがてその日がやって来た。誰の身にも訪れる〝最期の日〟だ。

桜が盛りの春の宵の口、子供の姿をした死神が現れた。

「最後に会いたい人がいたら、おいらに教えておくれ」

幸吉のそばに、ぽんぽこと白額虎の姿はなかった。幸吉も独りぼっちなのかもしれない。昔より、死神の声がやさしく聞こえた。

「人じゃなくてもいいよ。会いたい猫がいたら教えておくれ」

死神は付け足すように言った。これも、お馴染《なじ》みの言葉で、相手が生きていれば、幸吉は誰にでも会わせてくれる。

思い浮かんだのは黒猫の顔だった。何年も経つのに、黒猫を忘れたことがない。今でも黒猫のことが好きだった。大好きだった。忘れられるはずがない。

死神は猫の心をのぞき込む。

「会いたいのなら、会わせてあげるよ」

そう。

黒猫は生きていた。

※

数年前の雪の夜、死神の幸吉は破れ寺にやって来たが、それは黒猫に最期を告げるためではなかった。

「飼い主が会いたがっている」

黒猫に向かって、幸吉はそう言った。

これから死ぬのは猫でも黒猫でもなく、黒猫の飼い主だった。黒猫の飼い主は五歳の女の子で、重い病に罹《かか》っているという。

七歳までは神のうち。

この言葉は間引きだけを表しているわけではない。生まれたはいいが、育ち切らずに死んでしまう子供が多かった。七五三を祝うのは、それだけ幼児が死んでいたからとも言える。

黒猫の飼い主も、そんな子供の一人だった。生まれつき、身体が弱かった。薬を手放すことができず、ずっと布団の中で暮らしていた。友達は黒猫だけだった。

ただ幸いなことに女の子の生まれた家は裕福で、しかも、両親に大切にされていた。金に糸目をつけず病を治そうとしてくれた。

黒猫が家出するきっかけになった引っ越しにしても、女の子の病を治すため長崎に行こうとしたのであった。

「長崎は進んでるからね」

猫が知らない土地のことを、幸吉は教えてくれた。

長崎の出島には異人が住んでおり、南蛮の医者もいるという。

金を使えば異国の医者に診てもらえる。江戸や京の医者が匙《さじ》を投げた娘の病も、南蛮の医者ならきっと治してくれる、と女の子の二親《ふたおや》は考えた。藁《わら》にもすがる気持ちだったのかもしれない。

しかし、女の子の病は治らず、幸吉と出会うことになる。

女の子が最後に会いたがったのは、黒猫だった。

黒猫に会えないなら、誰にも会いたくない、と女の子は言った。だから、幸吉はやって来た。黒猫を女の子のところへ連れて行くために、破れ寺にやって来たのだ。

行かないで欲しい――。

そう言おうとしたが、口にすることはできなかった。ぽんぽこと白額虎の一言が猫の言葉を遮《さえぎ》った。

「長崎に行けば、黒猫様の病はよくなります」

――変わり者の医者がおるからのう。

世の中には、犬猫の医者がいる。犬猫を飼う人の子は多く、大名家や大奥でも飼われている。

当たり前の話だが、大名に飼われようと病には罹る。病気に罹った犬猫を診る医者が現れるのは、当然のことであった。

ただ、いくら金持ちでも、町人風情が大名家や大奥に出入りする医者に診てもらうことは難しい。江戸は武家の町で、身分の垣根《かきね》は高かった。

しかし、長崎は別だった。

異人が多いためか、それとも江戸から遠く離れているためか、身分の上下もうるさくなく、金さえあれば診てもらえた。

長崎に行けば、黒猫の病は治るのだ。

――そう。

猫はうなずいた。そして、黒猫を死神たちに託し、猫は破れ寺の中に戻った。呼び止める声が聞こえたけれど振り向かず、黒猫に、さよならは言わなかった。

一緒に暮らしていたかったけれど、黒猫が元気になってくれた方が、ずっとうれしい。

※

その後の話も、幸吉に聞いた。

黒猫が長崎に帰るのを待っていたかのように、飼い主の女の子は死んでしまった。

「寿命だったんだよ」

幸吉は呟いた。

白髪頭になるまで生きる者もいれば、生まれてすぐ死ぬ者もいる。それが寿命というものなのだろうが、なぜ、そんな不平等がこの世にあるのか分からない。

飼い主の女の子は死んでしまったが、黒猫は大切に飼われ続けた。二親にしてみれば、死んでしまった娘の忘れ形見のように思えたのだろう。

医者にも掛かることができ、すっかり元気になったという。

今も長崎で暮らしており、地元の雄猫と一緒になり、子や孫、玄孫《げんそん》に囲まれていると幸吉は教えてくれた。

――そう。

猫は小さくうなずいた。幸せに暮らしているなら、それでいい。家族を持っているなら、猫の出る幕はない。黒猫と暮らした思い出があるから、自分はそれだけでいい。

黒猫に会う代わりに、今まで自分を飼ってくれた飼い主たちに会いたい、と伝えた。ありがとう、と言いたかった。

幸吉は首を振った。

「無理なんだよ」

会うことのできるのは、生きているものだけ。死人には会うことはできない。幸吉の声が遠くに聞こえた。

死神に見守られながら、猫は目を閉じた。闇の向こうで、かつての飼い主たちが待っている気がした。

鈴の音《ね》

中島要

中島要●なかじまかなめ
早稲田大学教育学部卒業。二〇〇八年、「素見《ひやかし》」で第二回小説宝石新人賞を受賞し、デビュー。著書に『刀圭』、『晦日の月 六尺文治捕物控』、『江戸の茶碗 まっくら長屋騒動記』、『かりんとう侍』、『ひやかし』、「着物始末暦」シリーズなどがある。

「叔父上《おじうえ》、ちゃんと聞いていらっしゃいますかっ」

ここは味噌《みそ》醬油《しょうゆ》問屋、安岡屋《やすおかや》の根岸《ねぎし》にある寮である。

江戸のはずれのこの辺りは家と家とが離れている上、一つひとつの敷地が広い。たとえ大きな声を出しても、とやかく言われないだろう。ここぞとばかりに大声を上げ、磯貝《いそがい》龍二郎《りゅうじろう》は目の前の叔父を睨《にら》みつけた。

「ことはご自分だけの問題ではないのです。どうして前島家《まえじまけ》を追い出されたのか、きちんと訳をお話しください」

十二も下の甥《おい》に詰め寄られて、叔父は黙って下を向く。「訳を聞くまで帰りません」とさらに声を張り上げれば、相手は渋々口を開いた。

「姉上はどうしておられる」

「母は自慢の弟の不始末を知って、床に就いてしまいました。父は何も教えてくれず、まるで埒《らち》が明きません」

だから、ひとりで聞きに来たと続けると、叔父は「そうか」と肩を落とす。いかにも育ちのよさそうな線の細い横顔を見つめながら、龍二郎は「困っているのはこっちのほうだ」と腹の中で罵《ののし》った。

叔父の前島友國《ともくに》、いや縁を切られた今となっては安岡屋の三男、輝吉《てるきち》というべきか——が養子先から追い出されたのは、桜の盛りの頃だった。あれからひと月余りが経《た》ち、根岸の里はすっかり緑に覆われている。

安岡屋は江戸で十指に入る浅草の味噌醤油問屋で、下手な旗本よりも内証はよほど裕福だ。寮の庭では藤の花房が咲きこぼれ、その下では紫紺の菖蒲《しょうぶ》が今にも開かんとしている。卯月《うづき》半ばの風は肌にさわやかで、何も悩みがなかったら、さぞかしすがすがしかっただろう。

しかし、今の龍二郎はそれどころではない。身内の誉《ほま》れだった叔父が天下に恥をさらしたからだ。

叔父はわずか十歳にして手習い所の師匠から「もう教えることはない」と言われたほどの秀才である。その評判を聞きつけた奥祐筆《おくゆうひつ》の前島家から「跡継ぎとして迎えたい」と強く望まれ、十三歳で養子に入った。以来十二年、つつがなく過ごしてきたはずなのに、どうしてこんなことになったのか。

「叔父上がこのようなことになったせいで、おれの養子話もすべて立ち消えてしまったのですよ」

訴える声音《こわね》には自《おの》ずと恨みがましい響きが宿る。その名前が示す通り、龍二郎は磯貝家の二男である。父は北町奉行所の与力を務め、兄は去年から見習いとして町奉行所に出仕していた。

武家の場合、跡継ぎになれない二男、三男はいずれ家を出ることになる。部屋住みのままではお役に就けず、妻を迎えることもできないからだ。とはいえ、跡継ぎのいない家は限られており、養子先探しは楽ではない。だが、龍二郎には「ぜひ養子に欲しい」という家がいくつかあった。

叔父の友國が当主となれば、奥祐筆どころか、さらに上のお役目に就く。その際、身内のよしみで引きたててもらいたい――と先方は思っていたらしい。こんなことになるなんて夢想だにしていなかったろう。

「叔父上が前島家を追われたことで、おれにも差し障りが出ているのです。それでも、教えてくださらないのですか」

龍二郎の訴えに叔父はなぜか苦笑する。そこへ鈴の音《ね》を響かせて一匹の白猫がすべるように入ってきた。

「しろ、いいところへ来てくれた。ちょうど今、おまえのことをどういうふうに話そうかと思っていたんだよ」

叔父はたちまち目尻を下げると、白猫をいとおしそうに抱き上げる。龍二郎は眉《み》間《けん》を狭くした。

「それはどういう意味です。まさか、その猫のせいで前島家をしくじったとおっしゃるのですか」

「その通りだ。私はしろのせいで家を出ることになった」

真面目な表情でうなずかれ、龍二郎の顎《あご》がだらりと下がる。

たかが猫一匹のことで、十年以上も一緒に暮らした出来のいい養子を追い出すなんて。それとも、前島家では「絶対に猫を飼ってはならない」という先祖代々の教えでもあるのだろうか。

いや、ここで肝心なのはむこうの思惑ではない。叔父が「前島家の家督よりも猫を取った」ということだ。猫を飼うなと言われたら、黙って従えばいい話だ。いったいどういう事情があれば、家を捨てて猫を取るのか。

驚き呆《あき》れる龍二郎に叔父が言った。

「実は、二、三年前からしきりと縁談を持ち込まれてな」

二十五という年を考えれば、当たり前のことだろう。「それで」と先を促せば、叔父が言いにくそうに言った。

「前島の両親には申し訳ないが、私は断り続けてきた」

「なぜです」

「どうしてもその気になれなかったからだ」

「さては、二目と見られぬような醜女《しこめ》ばかりだったのですか」

憐れむような声を上げれば、叔父は首を左右に振る。

「相手の顔など、誰ひとりとして見ておらん」

「だったら、どうして……中には器量がよくて気立てのいい方もいたかもしれませんよ」

叔父の妻は取りも直さず前島家の嫁である。養父母だってあえて出来の悪い娘を勧めはしないだろう。龍二郎の考えに叔父はうなずいた。

「町人上がりの私にはもったいない家柄の方ばかりだった」

「ならば、なぜ断ったのです。叔父上は前島家の跡取りです。生涯独り身を通す訳にはいかないでしょう」

言い返してから、何かが変だと龍二郎は思った。叔父が嫁取りを嫌がったことと膝《ひざ》の上で丸くなっている動物がどう関わってくるのだろう。首をかしげる甥に叔父がぼそりと呟《つぶや》いた。

「私には好きな女子《おなご》がいる。他の女を妻にすることはできん」

「それなら正直に打ち明ければいいでしょう。話の持って行き方次第では、認めてくださったやもしれません」

「あいにく、打ち明けたらこうなったのだ」

白猫の頭を撫《な》でながら、叔父は苦笑を浮かべている。笑っている場合かと、龍二郎は歯嚙《はが》みした。

恐らく、相手は素性いやしき女なのだろう。生真面目《きまじめ》な叔父のことだから、とんだ性悪《しょうわる》に引っかかったに違いない。ため息まじりに思ってから、龍二郎はぎくりとした。

さっき叔父は、「私はしろのせいで前島家を出ることになった」と言ったではないか。それはつまり、ひょっとすると……我知らず顔をひきつらせ、恐る恐る口を開く。

「あの、叔父上」

「何だ」

「まさかとは思いますが、その女子というのはひょっとして……」

はっきり言葉にするのがためらわれ、相手の抱える猫を見る。すると、叔父は顔を赤らめ、恥ずかしそうに目をそらす。龍二郎は肝を潰《つぶ》した。

猫に惚《ほ》れたから妻を娶《めと》らない——そんなことを言われたら、誰だって正気を疑うだろう。前島家が叔父を見放したのも無理からぬことである。龍二郎は言葉を失い、叔父の膝であくびをしている猫をしみじみ見つめてしまった。

こんな四足の毛の塊《かたまり》に叔父は本気で惚れたのか。犬は三日飼えば恩を忘れないというけれど、猫は三日で恩を忘れるという。叔父がいくら思ったところで、猫のほうはありがたいとさえ思っていないだろう。そんなもののために今までのすべてを捨て去るなんて、気がふれたとしか思えない。

こちらの思いを知ってか知らずか、叔父は「話はすんだ」と言わんばかりに白猫と遊び出す。猫が動くたびにチリン、チリンと音がするのは、首に銀の鈴が真っ赤な縮緬《ちりめん》の紐《ひも》で結び付けられているためだ。目の前で繰り広げられている呑気《のんき》なひとりと一匹の様子に、龍二郎はますます苛立《いらだ》った。

この猫さえいなければ、叔父が身を持ち崩すことはなかったのだ。おのれ、目に物見せてやると手を出そうとしたところ、

「いててっ」

「おい、何をする」

ただならぬ殺気を感じたからか、白猫は龍二郎の手に爪を立てて叔父の膝から逃げ出した。そして、あっという間に生い茂る菖蒲の中に姿を消す。

「くそ、逃げ足の速い疫病神《やくびょうがみ》め」

痛む手の甲を押さえながら、龍二郎が悪態をつく。叔父がいつになく怒ったような声を出した。

「龍二郎、しろに危害を加えてみろ。たとえ血のつながった甥であっても、ただではすまさんぞ」

日頃穏やかな人ほど怒らせるとおっかない。束の間怯《ひる》んでしまったものの、龍二郎は言い返した。

「たかが猫一匹のために、一生を棒に振るつもりですか」

「私の一生だ。どうなろうとも、おまえに関わりないだろう」

「おれは叔父上のせいで養子先を失ったんですよ」

勢いよく文句を言えば、叔父が片眉を撥《は》ね上げる。

「おまえ自身にぬきんでた力があれば、多少おかしな身内がいても養子に欲しいと言われただろう。私のせいで話が流れたというのなら、おまえ自身にはさほど値打ちがないということだ」

言いにくいことをはっきり言われ、龍二郎は二の句を継げなくなる。その隙《すき》に叔父は庭に降り、菖蒲のそばにしゃがみ込んだ。

「しろ、出ておいで。私がおまえを守ってやるから」

まさしく猫撫で声で呼びかけている相手の背中をひと睨みして、龍二郎は足音も荒く根岸の寮を後にした。

※

「叔父上があんなに愚かな方だとは思わなかった！」

龍二郎はいらいらと南に向かって歩いていく。八丁堀《はっちょうぼり》からはるばる歩いてきた挙句、こんな話を聞かされるとは。足は痛いし腹は減るし、帰りはもったいないけれど辻駕籠《つじかご》に乗ることにした。

ところが、そういうときに限って客待ちをしている駕籠がない。龍二郎は人の多い広小路へと進みつつ、いつしか猫背になっていた。

前島家を追い出されるまで、叔父は自分のあこがれだった。今の御時世、出来のいい町人の子が旗本の養子に望まれるのは、さほどめずらしいことではない。だが、同年代の旗本の子から「町人上がり」と蔑《さげす》まれ、さまざまな嫌がらせを受けた末に逃げ帰る者も多かった。

恐らく、叔父だって風当たりは相当強かったろう。けれども、それに屈することなく公儀の学問所でも飛び抜けて優秀な成績を修め、自らの力を認めさせた。同じく武家に嫁いだ母はそんな弟が自慢の種で、二言目には「前島の叔父上を見習いなさい」と言っていたのである。

叔父が養子に行ったのは、今の自分と同じ十三歳のときだった。以来、勉学一途に励み過ぎておかしくなってしまったのか。やるせない思いでため息をついたとき、

「さあ大変だ、大変だ」と大きな声が聞こえてきた。

何かと思って顔を上げれば、笠をかぶった二人組の際物師《きわものし》が瓦版《かわらばん》を売っている。物思いにふけって歩いている間に広小路まで来ていたらしい。

ずらりと並んだ床見世の主人や大道芸人が声を上げる中、顔を隠した際物師が一《ひと》際《きわ》大きな声を張る。その呼び声に誘われて、周りには人垣ができつつある。龍二郎もつられて足を止めた。

「このすぐ先の根岸の里で大変なことが持ち上がった。若い百姓がかわいらしい捨

て猫を拾ったところ、なんとその猫に食い殺された」

「驚いたことに、百姓の拾った猫は世にも恐ろしい猫又《ねこまた》だった。何とまぁ憐れやな、情けをかけたばっかりに」

「よろず物騒な当節、情けをかける相手、いや猫をよぉく選ばないと大変なことになっちまう」

「うちの飼い猫や近所の三毛は大丈夫かと思ったそこの人、この瓦版を買ったり、買ったりぃ」

軽妙な掛け合いが終わったとたん、四方八方から手が伸びる。龍二郎もそれに倣い、瓦版を見て顔をしかめた。

そこには片手片足を食いちぎられた若い男が描かれていた。虎のごとき猫又がその男の胴に食らいついている。あまりの生々しさに龍二郎は挿絵から目をそむけ、文字を追うことにした。

「なになに、根岸の百姓、元吉《もときち》宅に黒ぶちの尾二つある猫まぎれ来たりしを、倅《せがれ》元二郎《もとじろう》ことのほか猫好きゆえ……」

尾が二つあったら、猫又に決まっているではないか。そんな猫を飼うなんて間抜けな百姓もいたものだ。

食われた元二郎は猫好きで、拾った猫をかわいがった。その後、元二郎が病《やまい》にかかったので親は猫を捨てようとしたが、猫は何度でも戻ってくる。仕方なく元二郎本人に捨てに行かせたところ、猫だけでなく元二郎も帰って来なかった。

心配した母親が村の若者に頼んで倅を捜すと、谷中《やなか》の天王寺《てんのうじ》の藪《やぶ》の中から犬が人の手をくわえてきた。着物の切れ端からそれが元二郎のもので、猫又に食い殺されたことがわかったという。

「ひょっとして……叔父上のところの猫も……」

瓦版を読み終えるなり、龍二郎は不安になった。

無論、叔父の飼っている猫はこの絵のように大きくないし、しっぽだって一本だ。しかし、猫又は女にも化けられると聞いたことがある。女に姿を変えられるなら、身体を小さくすることや尾の数を減らすことだってできるだろう。

あのふわふわした小さな姿が世間を欺《あざむ》くためのものなら、叔父が猫のために家を捨てた理由もわかる。

叔父は猫又に誑《たぶら》かされ、操《あやつ》られているに違いない。

そう思い至ったら居ても立ってもいられなくなり、龍二郎は今来た道を大急ぎで駆け戻った。

「叔父上、ご無事ですかっ」

息を切らして寮の庭に駆け込むと、叔父が目を丸くした。

「龍二郎、帰ったのではなかったのか」

「帰るつもりでしたが、広小路で売っていた瓦版を見て引き返してきたのです。叔父上、あの猫はどうしました」

辺りを見回して尋ねれば、「どこかに遊びに行ったようだ」と叔父が答える。龍二郎はほっと息を吐き出した。

「それはよかった。戻ってきたら、今度こそおれが追い払ってやります」

「しろに危害を加えたら許さんと言っておいたはずだ。そういうことなら、二度とここには来ないでくれ」

怒りを露《あら》わに言い返され、龍二郎は腹の中で舌打ちする。こっちの気持ちも知らないで、何を言っているんだか。

「叔父上は猫をかぶった猫又に誑かされているのです。このままでは食い殺されてしまいますよ」

我ながらうまいことを言ったと思いつつ、縁側から座敷に上がり込む。先ほど買った瓦版を差し出せば、叔父は一読して背中を震わせている。どうやら笑いをこらえているらしいと知り、龍二郎はむきになった。

「何がおかしいのです。おれは叔父上の身を案じて駆け付けたというのに」

「そ、それはかたじけない。だが、この絵にある猫又としろとでは、ずいぶん様子が違うと思うが」

「猫又は女にも化けられると聞いております。人の女に化けられるのなら、猫としての姿形を変えることだってできるでしょう」

間髪を容《い》れずに言い返せば、叔父が「なるほど」と納得する。その言葉に気をよくして龍二郎は続けた。

「土台おかしいと思ったのです。聡明な叔父上が猫一匹のために己が進むべき道を誤るなんて。知らぬ間に誑かされていたのですね」

「……そうかもしれんな」

叔父は庭の藤に目をやりながら、かすかな声で言った。

「本来惚れるはずがない、惚れてはならないものに惚れた。確かに私は誑かされているのやもしれん」

「手遅れになる前で幸いでした。及ばずながら、この龍二郎も手を貸します。一緒に猫又を退治しましょう」

勢い込んで訴えると、叔父は静かに首を振った。

「せっかくだが、それには及ばん」

「なぜです」

「私は今、幸せだからだ」

笑みを浮かべて告げられて、龍二郎は目をしばたたく。猫又に誑かされていると知りながら、どうして今が幸せなのだ。

「叔父上は食い殺されるのを承知で、このままでいいとおっしゃるのですか」

「ああ」

「なぜです。そんなことになれば、安岡屋のじじさまやばばさまだって悲しまれるに決まっています。母上だって今以上に嘆き悲しむことでしょう。それでも猫又に食われるのが幸せだとおっしゃるのですか」

嚙みつくようにして言えば、さすがに叔父がたじろいだ。しかし、ややして小さくうなずく。

「私は幼い頃から学問ばかりしてきた。十三で養子となり、実の親とも疎遠になった。養父母は何かとよくしてくださったが、所詮は血のつながらない赤の他人だ。私は……さびしくて仕方がなかった」

そのさびしさを埋めてくれたのが「しろ」だと言われ、龍二郎は言い返した。

「魔物は人の弱さに付け込むもの、そのように気の弱いことでどうします」

「私は元来弱い人間だ。そんな男が旗本の家を継ごうだなんて、お門《かど》違いもいいところだと思わんか」

「何をおっしゃいます。本当に弱い者が周囲のいじめに耐え、優秀な成績を修めることなどできません。叔父上は誰よりも強い心を持っていらっしゃいます」

断固とした口調で言えば、叔父がふと心配そうな顔になる。

「さては、おまえもいじめられているクチか」

町方役人は他の幕臣から「不浄役人」と蔑まれる。まして龍二郎の母は豪商とはいえ町人の出だ。実際、そのことで何かと絡んでくる輩《やから》はいたが、黙ってやられたりはしない。龍二郎は胸を張った。

「卑劣な真似をする奴はどこにでもいるものです。気にしても仕方がありません」

鼻息荒く言い切って、「それよりも」と話を変えた。

「今すぐ何とかすべきなのは、あの白い猫又です。ここは幸い下谷《したや》に近い。どなたか高僧にお願いして、ご祈禱《きとう》をしていただきましょう。そうすれば猫又も二本目のしっぽを出すに決まっています」

「だが」

「叔父上のお身体は叔父上だけのものではないのです。今夜は私もここに泊まって、猫又が叔父上に近寄らないよう見張りをさせていただきます」

「そんなことをしたら、姉上たちが心配なさるだろう」

「大丈夫です。叔父上の身に何があったか、はっきりするまで帰りませんと言って参りましたから」

本音はもう一歩も歩きたくないからだけれど、あえてえらそうに言い放つ。叔父は眉間にしわを寄せたが、それ以上は言わなかった。

そして、その晩。通いの手伝いが帰ってしまうと、寮にいるのは叔父と龍二郎の二人になった。

「なぜ同じ部屋ではいけないのです。別の部屋で寝ていては、叔父上の身を猫又から守ることができません」

「私は十三からずっとひとりで寝ているせいか、人の気配がそばにあると寝付けない。襖《ふすま》一枚しか隔てていないのだから構わないだろう」

これぱかりは譲れないと叔父は強い調子で言う。龍二郎は上目遣いに相手を睨んだ。

「そんなことを言って、夜中に猫又を引っ張り込むつもりではないでしょうね」

「しろが歩けば鈴が鳴る。夜中に鈴の音がしたら、遠慮をすることはない。私の部屋に飛び込んでくれ」

叔父はそう言ってさっさと襖を閉めてしまう。龍二郎は相手に気付かれぬようため息をついた。

勢いで泊まることにしたものの、本当に叔父の飼い猫が猫又だったらどうしよう。かといって、今さら逃げる訳にもいかないし……。

かくなる上は今夜一晩、鈴の音がしないよう祈るばかりだ。龍二郎は有明行燈《ありあけあんどん》を枕元から遠ざけると、布団の中にもぐりこんだ。

江戸の真ん中の八丁堀では夜更けてなお物音がする。八丁堀の組屋敷内には医者が大勢住んでおり、急病人が出ると時刻を問わず「先生、お願いします」と声がかかる。またお尋ね者でも見つけたのか、息を切らした岡っ引きが同心を呼びに来ることもあった。

その他、蕎麦《そば》屋の屋台を引く音に夜廻りの打つ拍子木、時には赤ん坊の泣き声や男女の言い争う声まで——さまざまなものを聞きながら、知らぬ間に眠りに落ちるのが龍二郎の常だった。

ところが、人の少ない根岸ではそういう物音が聞こえない。時々雨戸を打つ風の音がするだけで、足音や声はまったくしない。龍二郎はしきりと寝返りを打ちながら、外の音に耳をすませた。

これだけ静かなら、鈴の音を聞き漏らすことはないだろう。それにしても、今日はよく歩いたなとぼんやり思ったときである。

チリン。

かすかな鈴の音が聞こえてきて、龍二郎は目を見開く。

間違いない。昼間聞いた鈴の音だ。猫又め、正体がばれたとも知らずに、のこのこ戻ってきたらしい。

チリン、チリリリン。

鈴の音は止《や》むことなく、次第に大きくなっていく。龍二郎は起き上がり、襖のすぐそばで息をひそめた。

腕に覚えはまったくないが、「義を見てせざるは勇無きなり」だ。それに猫又の本性を暴いてやれば、叔父も目を覚ますに違いないと思っていたら、

「しろか。今開けてやる」

うれしそうな声がして、龍二郎は飛び上がる。とっさに「叔父上、なりませ

んっ」と声を上げ、勢いよく襖を開ける。

そして目にしたのは——思いがけない光景だった。

叔父は床に横たわり、丸めた真っ白な布団に抱きつき、すやすや眠っているではないか。どうしてこんな恰好でと訝《いぶか》しく思って近寄れば、その布団には二尺（約六〇センチ）ばかりの太い紐が付いていた。

何でこんなものが付けられているんだろう。龍二郎は手を伸ばしかけ、正体に気付いて飛びのいた。それは布団ではなく、人の背丈ほどもある白い猫が丸くなっていたのである。瓦版の挿絵を思い出し、龍二郎は怖気《おじけ》づいた。

さっきは「ひとりでないと眠れない」と言い張っていたくせに。無防備に寝ている叔父を恨めしく思う一方、その顔があまりにも満ち足りているので、うらやましいような気分にもなる。

化物はもちろん嫌いだけれど、動物はそこそこ好きなほうだ。うっかり「ふわふわした腹の毛を撫でてみたい」と思いかけ、我に返って首を振った。

人の身体ほどもある猫なんて、まさしく猫又ではないか。一刻も早くあらゆる意味で叔父の目を覚ましてやらないと。

「叔父上、早く起きてください。このまま呑気に寝ていたら、隣の猫又に食われてしまいますよ」

龍二郎は呼びかけたが、叔父はむずかる子供のように嫌々と首を振るばかりだ。ならばと揺り起こそうとしたけれど、大きな猫の隣はよほど居心地がいいのだろう。かえって猫又にしがみつく。

猫又はそれに答えるように、大きな声で「にゃあ」と鳴いた。龍二郎は驚いて大きく三歩後ずさる。

「お、お、おのれ、妖怪！　叔父上を離せっ」

「にゃあん」

まるで嫌だと言わんばかりに、猫又は喉を鳴らして叔父にすり寄る。

瓦版の挿絵のように襲ってきそうな気配はないが、叔父を離してもくれなさそうだ。自分より大きなひとりと一匹を前にして、龍二郎は途方に暮れた。

「叔父上、お願いですから早く起きてください。どれほど気持ちがよいか知りませんが、猫又に抱きついて眠ったりしてはいけません」

「……頼むから、放っておいてくれ」

泣きたい思いで訴えれば、ようやく叔父が薄目を開ける。だが、猫又から離れる気はないようで、迷惑そうに顔をしかめた。

「私はようやく幸せになれるのだ。何も案じることはない」

「馬鹿なことを言わないでください。猫又と一緒になって、幸せになれるはずがないでしょう」

「では、十三で養子に出され、周囲の悪口や嫉妬《しっと》にさらされる暮らしが幸せだと思うのか。おまえは私のせいで養子話が立ち消えたと言っていたが、腹の底ではほっとしていたんじゃないか」

大きな白猫に抱きついたまま、叔父は片頬を歪《ゆが》める。己の本音を見透かされ、龍二郎はぎくりとした。

「そ、そんなことは」

「武家であれ、町人であれ、十三で親と引き離されてさびしくないはずがない。私は前島家の布団をどれほど涙で濡らしたかわからん」

「叔父上」

「幸せとは、広い屋敷に住むことでも裕福な暮らしをすることでもない。惚れた相手と寄り添って、穏やかに眠ることだと私は思う。おまえもいずれわかるだろう」

「ですが、相手は猫又です」

それだけはお止めくださいと龍二郎が頼めば、叔父はようやく身体を起こした。

「ならば、猫又でなければいいのだな」

「はい、猫又でさえなければ、相手がどんな女でも構いません。お願いですから、猫又だけはお止めください」

猫又が今度は不満そうな声を上げたけれど、それに怯むことなく龍二郎は訴え続けた。

「猫又でさえなかったら、決して反対はいたしません。ですから、どうか猫又だけは、猫又だけは……」

「おい、龍二郎」

「お願いですから、猫又はやめて」

「これ、いつまで寝ぼけておる」

呆れたような声がして、いきなり衿《えり》を引っ張られる。勢い息が苦しくなり、龍二郎は咳き込みながら身体《からだ》を起こした。

「お、叔父上、いつの間に夜が明けたのです。猫又はどこへ行きました」

障子ごしでもわかるほどに外は明るくなっており、目の前には着物を着た叔父が呆れ顔で立っている。

ついさっきまで寝間着を着て白い猫又と寝ていたのに、いったいいつの間に着替えたのか。狐につままれた気分で目をこすれば、叔父はぷっと噴き出した。

「どうやら猫又退治の夢でも見ていたようだな。早く顔を洗って来い」

笑いながらそう言われてもにわかに信じることができない。ぼんやりしていたら、叔父に怒られた。

「おまえを心配して姉上が迎えに来ておられる。早く顔を洗って、支度をしろ」

その一言で我に返り、井戸のそばへと飛んでいく。そして、恐る恐る母の前に顔を出したら、

「どうしておまえはいくつになっても落ち着きがないのですっ。おかげで母は寝込むことすらできません」

勢いよく小言を食らい、龍二郎はひたすら謝り続ける。甥の窮地を見かねたのか、叔父が脇から口を挟んだ。

「姉上、そこまで叱らなくても」

「おだまり、輝吉。元はといえば、おまえが前島家を追い出されたからではありませんか。親子の話に口を出さないでちょうだい」

間髪を容れずに言い返されて、叔父はしょんぼりと下を向く。龍二郎は心の中で頭を下げた。

「さあ、今すぐ八丁堀に戻りますよ。今日の手習い所は間に合いませんから、明日は居残りをさせていただくようお願いしてあります」

「母上、叔父上は猫又に取り憑《つ》かれているのです。このまま帰る訳にはまいりません」

龍二郎が焦って言い返せば、母は怪訝《けげん》な顔をした。

「まだ寝ぼけているのですか」

「おれは寝ぼけてなどおりませんっ。そうでなければ、叔父上が前島家を追い出されるはずがないでしょう」

唾を飛ばして訴えると、母が「そうなのですか」と叔父に聞く。固唾《かたず》を呑んで見つめていたら、ややあって叔父が首を振った。

「いいえ、龍二郎は誤解をしています」

「では、私から改めて尋ねましょう。何ゆえ前島家から追い出されたのです」

嘘偽りは許さないという表情で、母がまっすぐ弟を見る。

叔父はうっすら微笑んだ。

「私は武士に向いていないと、前島の養父母がようやく気付いただけのこと。姉上にはいろいろご迷惑をおかけしますが、不甲斐ない弟を持った身の不運と思い、なにとぞお許しください」

深々と頭を下げられて、母は大きなため息をつく。龍二郎は面食らい、大きな声を出してしまった。

「叔父上は昨日、誑かされているかもしれんとおっしゃったではありませんか」

「龍二郎、もうよい。帰りましょう」

母はすばやく立ち上がり、嫌がる龍二郎を駕籠に乗せて八丁堀の屋敷に戻った。

叔父の姿が消えたのは、それからひと月後の雨の晩のことだった。

※

「まったく、おまえは十七にもなってだらしがない。そんな恰好をしていては一生部屋住みのままですよ」

「別に構いません」

「構わないはずないでしょう。それでなくても、世間は叔父上のことを忘れてはいないのです。並みの者より身を慎まねば、養子口など見つかりません」

母の小言を聞き流し、龍二郎は袴《はかま》を穿《は》かずに屋敷を出る。梅雨《つゆ》が明けたばかりの江戸は蒸し暑く、いっそ諸肌《もろはだ》を脱ぎたいほどだ。北に向かって歩きながら、龍二郎は我知らず呟いた。

「あれから、もう四年も経つのか」

叔父が根岸の寮から消えたと知ったとき、龍二郎はてっきり猫又に食い殺されたのだと思い込んだ。

母がどんなに反対しても叔父と一緒にいればよかった。叔父が死んだのは自分のせいだとひたすら我が身を責め続けた。

そんな息子を母は見るに見かねたらしい。「誰にも言ってはいけませんよ」と念を押して、本当のことを教えてくれた。

――叔父上は猫又に食われたのではありません。人妻と駆け落ちしたのです。

辺りをはばかるような低い声で言われたときは、とっさに意味がわからなかった。あの真面目な叔父上がよりによって人妻と駆け落ちするなんて。まだ猫又に食われたというほうが信じられると思っていたら、母は言いにくそうに話を続けた。

――まだ子供のおまえにこのようなことを教えるのは気が引けますが、いずれ他人から根も葉もないことを聞かされることもあるでしょう。ですから、今私の口から本当のことを教えておきます。駆け落ち相手は前島様の隣にお住まいの御書院番士、遠藤帯刀《えんどうたてわき》様の御妻女です。

遠藤の妻は叔父より五つも年上で、夫との間に十歳になる娘もいたという。だが、遠藤帯刀は酒乱の気があり、妻は生傷が絶えなかったとか。

遠藤家の猫が前島家の庭に迷い込んだことで二人は言葉を交わすようになり、叔父が追い出されたのは「隣家の妻に惚れている」と養父母に打ち明けたからだそうだ。

こと細かに説明されて、ようやくいろいろ腑に落ちた。だから、叔父は「私はしろのせいで家を追われた」と言ったのか。

本来なら守ってくれるはずの夫に手を上げられている女と、血のつながらない親の元でさびしい思いをしている男……二人が心を通わせるのは自然の成り行きかも知れない。

龍二郎がそう思うようになったのは、ここ最近のことである。母から話を聞いた当初は叔父のことを悪く言ったり、前にもらったものを捨てたりした。

しかし、

――幸せとは、広い屋敷に住むことでも裕福な暮らしをすることでもない。惚れた相手と寄り添って、穏やかに眠ることだ。おまえもいずれわかるだろう。

あれから四年経って、夢の中の叔父の台詞《せりふ》に心からうなずけるようになった。きっと今頃、思い思われた者同士で貧しくとも幸せに暮らしているのだろう。

自分も十七になって、色恋のことが気になり出した。道ならぬ恋は御免だけれど、どうせなら惚れた相手と手に手を取って暮らしたい。そこで、隠居した安岡屋の祖父に「同心株を買って欲しい」とねだっている。

同心株があれば養子に入らなくてすみ、好きな娘を嫁にもらえる。加えて三廻り同心は「着流し御免」だから、袴を着ける必要がない。

母は「与力の子が同心になるなんて」と強く反対しているけれど、養子の口がないとわかれば、諦めざるを得ないだろう。

夏の日差しを浴びながら、通りを行き交う行商人たちが休む間もなく声を上げる。まるで今日の暑さと張り合っているようだ。

そういえば、あの根岸の寮はどうなっただろう。叔父と二人で泊まった晩は風の音しか聞こえなかった。

いや、それともうひとつ……。

チリン、チリリン。

突如聞こえた鈴の音に、龍二郎は空耳かと疑った。続く「にゃあ」という声に足元を見れば、真っ白な猫がつぶらな瞳でこっちを見上げているではないか。

「おまえ、どうしてここに」

龍二郎は驚いて足元の猫を抱き上げる。真っ白な姿形といい、銀の鈴を赤い縮緬で結んでいるところといい、叔父のところで見た猫と瓜二つ過ぎて気味が悪い。猫はやけにうれしそうにごろごろ喉を鳴らしている。

これはいったいどういうことだと困惑していると、

「しろ、離れては駄目だと言ったでしょう」

人混《ひとご》みの中からひとりの少女が泣きそうな顔で寄ってくる。ちゃんと飼い主がいると知って、龍二郎はほっとした。この猫も「しろ」というらしいが、白猫の名前なんてみな同じなのだろう。

「今度は逃げられないように気を付けて」

笑顔で猫を差し出せば、少女は猫を抱きしめて恥ずかしそうにうつむいた。

ごく薄い浅葱《あさぎ》色の振袖には白い花が描かれている。ひとりで出歩くような身分とは思えないが、供の者はいないのか。

「おれは北町奉行所与力、磯貝寅太郎《とらたろう》の倅で龍二郎と言います。ひとりでここまで来たのですか」

江戸の町は必ずしも安全とは言えない。身なりのいい十三、四の少女がたったひとりで歩いていれば、かどわかされる恐れがある。ひとりで帰すのは物騒だと思っていたら、年配の女と中間《ちゅうげん》が息を切らせてやって来た。

「お嬢様、お願いですからおひとりで先に行かないでくださいませ。ばあやはもう年なのですよ」

「だって、しろが逃げ出すから」

どうやら猫が飛び出して、その後を小柄な少女が追いかけ、供の者は人混みに邪魔されてなかなか追いつけなかったらしい。微笑《ほほえ》ましい図だなと思っていたら、少女が初めて笑みを見せた。

「しろを捕まえてくださってありがとう。荷車に轢《ひ》かれたり、犬に吠えられたりしなくてすんで、本当によかったわ」

その顔がびっくりするほどかわいらしくて龍二郎は面食らう。相手に礼を言われたのだから、「礼には及ばない」とか「当たり前のことをしただけだ」とか、何か言うことがあるだろう。

だが、気の利いたことを言おうと思えば思うほど、言葉が喉でつかえてしまう。こんなことになるのなら、せめて袴を穿いてくるんだった。

こっちがまごまごしている間に、ばあやが少女を促してさっさと歩き出してしまう。龍二郎は後に続こうとする中間の袖を摑んだ。

「あの、どちらのお嬢様で」

四十前後の中間はうさんくさそうな目を向けたが、隠すことなく教えてくれた。

「御書院番士、遠藤帯刀様のお嬢様で沙世《さよ》様とおっしゃいます」

では、叔父上と駆け落ちした女の娘が今の少女か。

だったら、さっきの白猫は……。

人混みにまぎれていく三人の背中を見つめながら、龍二郎はその場に立ちすくむ。

チリン、チリリン。

もう聞こえるはずのない鈴の音が耳の奥で鳴り続けていた。

参考文献
『江戸の大変〈天の巻〉』稲垣史生　監修　平凡社

光文社文庫

文庫書下ろし
江戸猫《えどねこ》ばなし
編 者 光文社文庫編集部《こうぶんしやぶんこへんしゆうぶ》

2014年9月20日 初版1刷発行

発行者 鈴 木 広 和
印 刷 慶 昌 堂 印 刷
製 本 榎 本 製 本

発行所 株式会社 光 文 社
〒112-8011 東京都文京区音羽1-16-6
電話 (03)5395-8149 編 集 部
8116 書籍販売部
8125 業 務 部

落丁本・乱丁本は業務部にご連絡くだされば、お取替えいたします。
ISBN978-4-334-76805-8 Printed in Japan

組版 萩原印刷

お願い　光文社文庫をお読みになって、いかがでございましたか。「読後の感想」を編集部あてに、ぜひお送りください。

　このほか光文社文庫では、どんな本をお読みになりましたか。これから、どういう本をご希望ですか。

どの本も、誤植がないようつとめていますが、もしお気づきの点がございましたら、お教えください。ご職業、ご年齢などもお書きそえいただければ幸いです。当社の規定により本来の目的以外に使用せず、大切に扱わせていただきます。

光文社文庫編集部

光文社時代小説文庫　好評既刊

御台所江　阿井景子
情愛　大山巌夫人伝　阿井景子
弥勒の月　あさのあつこ
夜叉桜　あさのあつこ
木練柿　あさのあつこ
埋み火　浅野里沙子
ちゃらぽこ　真っ暗町の妖怪長屋　朝松　健
ちゃらぽこ　仇討ち妖怪皿屋敷　朝松　健
ちゃらぽこ長屋の神さわぎ　朝松　健
ちゃらぽこ　フクロムジナ神出鬼没　朝松　健
慟哭の剣　芦川淳一
夜の凶刃　芦川淳一
包丁浪人　芦川淳一
卵とじの縁　芦川淳一
仇討献立　芦川淳一
淡雪の小舟　芦川淳一
うだつ屋智右衛門縁起帳　井川香四郎

恋知らず　井川香四郎
幻海　伊東　潤
城を噛ませた男　伊東　潤
裏店とんぼ　稲葉　稔
糸切れ凧　稲葉　稔
うろこ雲　稲葉　稔
うらぶれ侍　稲葉　稔
兄妹氷雨　稲葉　稔
迷い鳥　稲葉　稔
おしどり夫婦　稲葉　稔
恋わずらい　稲葉　稔
江戸橋慕情　稲葉　稔
親子の絆　稲葉　稔
濡れぎぬ　稲葉　稔
こおろぎ橋　稲葉　稔
父の形見　稲葉　稔
縁むすび　稲葉　稔

光文社時代小説文庫　好評既刊

故郷がえり　稲葉 稔
剣客船頭　稲葉 稔
天神橋心中　稲葉 稔
思川契り　稲葉 稔
妻恋河岸　稲葉 稔
深川思恋　稲葉 稔
洲崎雪舞　稲葉 稔
決闘柳橋　稲葉 稔
本所騒乱　稲葉 稔
紅川疾走　稲葉 稔
おくうたま　岩井三四二
甘露梅　宇江佐真理
ひょうたん　宇江佐真理
彼岸花　宇江佐真理
幻影の天守閣　上田秀人
破斬　上田秀人
熾火　上田秀人

秋霜の撃　上田秀人
相剋の渦　上田秀人
地の業火　上田秀人
暁光の断　上田秀人
遺恨の譜　上田秀人
流転の果て　上田秀人
女の陥穽　上田秀人
化粧の裏　上田秀人
小袖の陰　上田秀人
鏡の欠片　上田秀人
血の扇　上田秀人
神君の遺品　上田秀人
錯綜の系譜　上田秀人
風の轍　岡田秀文
半七捕物帳 新装版（全六巻）　岡本綺堂
影を踏まれた女（新装版）　岡本綺堂
白髪鬼（新装版）　岡本綺堂

◇光文社時代小説文庫　好評既刊◇